el príncipe Siddharta

FERRUCCIO PARAZZOLI   PATRICIA CHENDI

el príncipe
Siddharta

Las cuatro verdades

Traducción de Juan Vivanco

grijalbo mondadori

Título original:
SIDDHARTA. LE QUATTRO VERITÀ
Traducido de la edición original de
Arnoldo Mondadori Editore, SpA, Milán
Diseño de la cubierta: Luz de la Mora
Ilustración de la cubierta: Carles Andreu
© 2000, Arnoldo Mondadori Editore, SpA, Milán
© 2000 de la edición en castellano para todo el mundo:
        GRIJALBO MONDADORI, S.A.
        Aragó, 385, 08013 Barcelona
        www.grijalbo.com
© 2000, Juan Vivanco, por la traducción
Primera edición: abril de 2000
Primera reimpresión: septiembre de 2000
ISBN: 84-253-3445-4
Depósito legal: B. 34.674-2000
Impreso en Cayfosa-Quebecor, Carretera de Caldes, km 3,
08130 Santa Perpètua de Mogoda (Barcelona)

He cogido esos tomos tan doctos y con ellos he empezado a hacer un castillo.

Roberto RIDOLFI

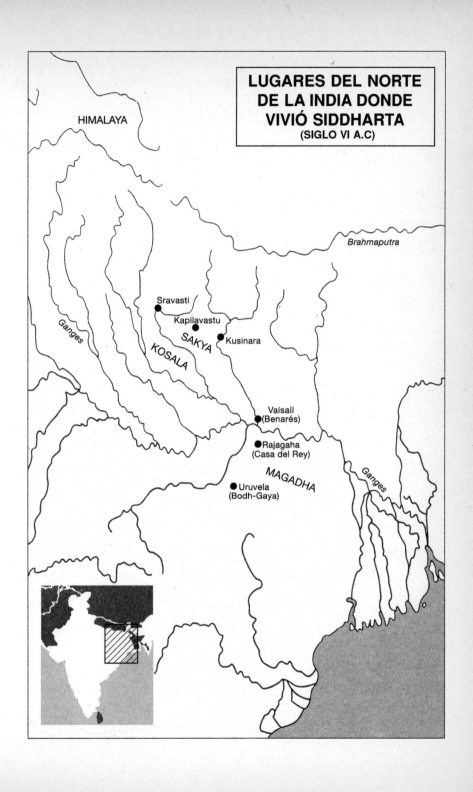

LUGARES DEL NORTE
DE LA INDIA DONDE
VIVIÓ SIDDHARTA
(SIGLO VI A.C)

HIMALAYA

Brahmaputra

Ganges

Sravasti

Kapilavastu

SAKYA

KOSALA

Kusinara

Vaisali
(Benarés)

Rajagaha
(Casa del Rey)

MAGADHA

Ganges

Uruvela
(Bodh-Gaya)

Había una vez un joven príncipe que vivía con su padre el rey. El príncipe creía en todo lo que le enseñaba su padre.

—Padre, ¿hay algo de la creación que yo no conozca? —preguntó un día el príncipe.

—No, hijo mío, ya conoces todo lo que existe. Todo lo que quieras ver o imaginar lo hallarás en nuestro reino, basta con que mires a tu alrededor.

El príncipe imaginó, miró y le dio la razón a su padre. No salía nunca del reino y vivía feliz. Pero un día tuvo un pensamiento que le entristeció. Al día siguiente fue a ver al rey.

—Padre, ayer imaginé tres cosas que no he podido encontrar.

—¿Qué cosas son ésas, hijo?

—Las islas, las princesas y dios.

El rey soltó una carcajada.

—Muy bien, hijo, esperaba que me hicieras esa pregunta. Es normal que no las hayas encontrado, porque en realidad esas tres cosas que has mencionado no existen. Las islas, las princesas y dios son las únicas cosas que no existen en la creación. Y por fin lo has descubierto. Estoy orgulloso de ti.

El príncipe se sintió aliviado. Dejó de pensar en las islas, las princesas y dios.

11

El príncipe vivió feliz en su reino durante varios años. Una tarde soleada echó a correr y correr. Tanto corrió que de pronto se encontró fuera del recinto del palacio. Así llegó a los confines de otro reino. Allí presenció un espectáculo increíble: en el horizonte reconoció los contornos nítidos de las islas, el mar estaba salpicado de ellas. Pero hubo algo que le asombró aún más: las tierras no estaban desiertas, sino habitadas por unas criaturas extrañas y encantadoras. El joven príncipe se quedó tan embobado que fue incapaz de ponerles un nombre. Mientras paseaba por la playa en busca de una barca se le acercó un hombre vestido con elegancia.

—¿Son reales esas islas? —preguntó el joven príncipe.

—Claro que sí —contestó el hombre.

—¿Y esas criaturas extrañas y encantadoras?

—Son auténticas princesas.

—¡Entonces dios también existe! —dijo el príncipe, entusiasmado.

—Claro que sí, muchacho. Lo tienes frente a ti, soy yo.

Al oír estas palabras el príncipe fue corriendo al palacio de su padre.

—¡Por fin has vuelto! —dijo el rey cuando le vio llegar.

—He visto las islas, he visto a las princesas y he visto a dios —dijo el príncipe en tono de reproche. Pero el rey no se inmutó.

—No existen islas reales, ni princesas reales, ni un verdadero dios.

—¡Pero si los he visto con mis propios ojos!

—Entonces dime cómo iba vestido dios.

—Estaba vestido con traje de gala, para las grandes ocasiones.

—¿Llevaba el manto recogido hacia atrás?

El príncipe recordó que era así como llevaba el manto. El rey sonrió.

—Así va vestido el mago. Te ha engañado, hijo.

Entonces el príncipe regresó al reino colindante, bajó a la playa y se encontró de nuevo con el hombre elegantemente vestido.

—Mi padre el rey me ha revelado tu verdadera identidad —le espetó el príncipe, indignado—. La otra vez me pudiste engañar, pero ahora no. Ahora sé que, como eres un mago, ésas no son islas verdaderas y ésas tampoco son princesas verdaderas.

El hombre sonrió.

—Te has engañado tú solo, muchacho. En el reino de tu padre también hay muchas islas y muchas princesas. Pero tú no las ves, porque estás embrujado por tu padre.

El príncipe, pensativo, volvió a su casa. Fue a ver a su padre y le miró a los ojos.

—Padre, ¿es verdad que no eres un verdadero rey, sino sólo un mago?

El rey sonrió y se echó el manto hacia atrás.

—Sí, hijo, sólo soy un mago.

—Es preciso que conozca la verdad, la verdad que se oculta detrás de la magia.

—No hay verdad detrás de la magia —dijo el rey.

El príncipe se sintió infinitamente triste. Dijo:

—Voy a suicidarme.

El rey hizo magia, hizo que apareciera la Muerte. La Muerte se presentó ante el pórtico del palacio, y llamaba al príncipe. El joven tembló de miedo. Luego recordó las islas maravillosas e irreales, las princesas maravillosas e irreales.

—Está bien, ahora lo entiendo. Todo es magia y fuera de ella no hay nada. Ahora quiero quedarme.

—Hijo mío —dijo el rey—, acabas de empezar tu carrera de mago.

PRIMERA PARTE

Ante el portón

En las laderas del Himalaya soplaba un viento gélido y las copas de los árboles, cargadas de nieve, se estremecían. La osa encontró a su osezno, que se había entretenido jugando a la orilla de la laguna helada. Le persiguió hasta obligarle a entrar en la osera, empujándolo con el hocico. Se acostó sobre él, envolviéndolo en su cálida pelliza, y permaneció inmóvil en el cubil, esperando a que pasara el vendaval.

En Nagadvipa, la Ciudad de las Serpientes, ni los más viejos recordaban un invierno tan frío. Hasta los cazadores se encerraban en sus cabañas, racionaban las cortezas de pan y el cuajo rancio, pues preferían pasar hambre antes que aventurarse por los senderos con esa ventisca.

En los arrabales y las calles principales todo estaba quieto. Pero ante el portón de la torre más alta del palacio no se había suspendido el ritual. Impuesto por la nueva reina, se repetía todos los días, en todas las estaciones.

Era por la mañana, el sol se alzaba en el horizonte. La procesión de madres jóvenes, encogidas dentro de sus tabardos andrajosos y apretando a sus recién nacidos contra su pecho, avanzaba penosamente hacia la entrada de la torre. Los gemidos desesperados de los críos se mezclaban con el ulular del

17

viento. Sólo la tibieza del pecho materno lograba calmarlos de vez en cuando.

«¿A quién le tocará esta vez dejar a su hijo en brazos de esa loca?», se preguntaban las mujeres mientras esperaban a que se abriera el portón de hierro.

—¡Es una vergüenza, esa mujer nos ofende y nos humilla! ¡Tiene una enfermedad siniestra, la corroen la envidia y los remordimientos! —protestaban.

—¡Narayani es una bruja, su leche está envenenada! —despotricaba una vieja que acompañaba a su hija.

Se oyó un fuerte chirrido, era el portón que se abría.

—¡Tú! Narayani te ha señalado a ti desde la ventana de la torre. Entra tú sola con tu recién nacido —susurró una criada gruesa y tullida, señalando a una madre joven con la cabeza rapada a causa de los piojos.

—No te preocupes —trató de consolarla una mujer, aliviada porque ese día no les había tocado a ella y a su hijo—. Narayani no es lo que te imaginas. Dicen que no les hace nada malo a los niños, sólo quiere amamantarlos imaginando que son suyos. Todos conocen su desgracia; desde entonces ése es el único consuelo que tiene la pobrecilla.

La fila de madres se deshizo, por el camino que bajaba hacia sus casas se alejaban las notas de un canto lastimero.

La criada gorda, levantando la tea sobre su cabeza, subió las lóbregas escaleras de la torre y guió cojeando a la madre con su hijo hasta la habitación más alta.

—Espera aquí.

La criada entró en la habitación de Narayani.

—Ya ha llegado, está aquí con el crío.

Irreparable

Narayani se recogió la ligera bata de seda y desapareció en el fondo de la habitación, atraída por una fuente de pálida luz blanca. El nicho de la lactancia estaba en un rincón, junto a la única ventana. A sus pies una preciosa alfombra de lana cubría las losas rotas del suelo. Narayani se arrodilló en ella y ordenó unos objetos, estatuillas de marfil y cofrecitos, que llenaban una gran bandeja como si fuera un altar de ofrendas. En el centro de la bandeja se veían dos urnas de vidrio gris.

Eran idénticas, y sólo una mirada atenta podría descubrir que el borde de una de ellas estaba un poco rajado. Narayani la miró, y recitó una fórmula ritual. En esa urna había algo muy preciado y sagrado que nadie podía tocar, ni siquiera mirar. Nadie, por ningún motivo, podía abrir ese recipiente.

—Es mío, sólo mío. Aquí dentro está mi niño.

Los pensamientos se agolpaban en su mente perturbada, estrellándose como olas contra el escollo de la enfermedad. Y más valía que los extraños no osaran acercarse. Debían mantenerse alejados, y dejarla sola.

Narayani levantó la segunda urna. En el vidrio opaco se reflejaron sus facciones. Apartó ese espejo de su cara y colocó la urna en el nicho. Contenía una mezcla de mantequilla, miel y agua para humedecer los labios del recién nacido antes de darle el pecho.

Se recostó cómodamente entre las mantas de piel de carnero, con las piernas un poco separadas. Se descubrió el pecho y lo lavó con un paño empapado de agua de sándalo.

Cuando llevaron al recién nacido al nicho de la lactancia, tenía el cuerpo completamente relajado y estaba lista para recibir a la criatura en sus brazos.

—Hoy no me siento muy bien, creo que tengo fiebre.

—¿Prefieres dejarlo? —se apresuró a decir la criada, retirando con un gesto desmañado el envuelto, sin saber si debía acercárselo a su ama.

El movimiento brusco de la criada despertó al crío, que después de un leve gemido empezó a llorar.

—Mira lo que has hecho. Está llorando. ¡Dámelo y sal de aquí!

Al sentir el contacto de la suave bata de seda, el pequeño dejó de gritar poco a poco. Su cabecita rozaba el hombro de la mujer. Narayani notaba en su pecho desnudo los latidos regulares del corazoncito, su cálido aliento le humedecía un punto del cuello donde no tenía joyas. El tiempo pasó despacio.

Era una felicidad inmensa, sólo por ella merecía la pena vivir. Narayani canturreó la estrofa de una canción y acunó al niño. Por su cara se deslizaban lágrimas de dicha.

—¡Pero qué guapo es mi chiquitín!

Levantó al crío y vio cómo sonreía.

—Pero mira, si estás lleno de manchas rojas, tienes la piel agrietada. Tienes frío, ¿a que sí?

Narayani apoyó el niño en su regazo, cogió ágilmente una mantita y le quitó los pañales húmedos para secarlo. Antes de envolverlo en la manta lo levantó con delicadeza. Sus dedos, al rodear el cuerpecito, casi se tocaban. No pesaba casi nada. Le miró entre las piernas.

—¡Pero si eres una niñita! Te pondré el nombre de mi madre —dijo con orgullo—. Era muy fuerte, y tú también lo serás, Sama —le cuchicheó al oído, como suele hacerse en todos los bautismos.

Sin dejar de mirar a la niña, que esbozaba pequeñas sonrisas envuelta en la manta, Narayani alargó la mano. Cogió la tapa de la urna y la levantó. La mano le tembló ligeramente cuando introdujo la cuchara de oro en la urna, con el gesto acostumbrado, para desear sabiduría, inteligencia y fuerza física.

Una voluntad oscura y terrible había guiado la mano de Narayani. La cuchara dorada, en vez de untarse con la miel de la urna que estaba en el nicho, había recogido polvo y cenizas de la que permanecía en la bandeja. La mujer llenó la boca de la niña con esos venenos.

La pequeña Sama empezó a chillar. En su frente fruncida por el llanto se marcaban finas venas azules, las manchas rojas de su cara se hacían más grandes. El veneno tuvo un efecto fulminante en su cuerpecito indefenso. Las extremidades, empapadas en sudor, se estremecieron y cayeron inertes, mientras unos estertores siniestros sofocaban el llanto.

Pero Narayani no oía nada, su mente estaba lejos de allí.

—No me siento bien, por eso te necesito —decía, dirigiéndose a la niña—. Lo oyes, ¿verdad? Los copos de nieve caen sobre nosotras como un manto blanco que lo deja todo en silencio. Tú y yo, la madre y su hijo, por fin encontramos la paz.

Narayani hablaba con los ojos cerrados, balanceando la cabeza. En su interior sentía un gran sosiego.

De pronto la cara de Sama se contrajo con un último y fuerte sollozo. Narayani lo oyó, y se sumió aún más en el delirio. Siguió acunando a la pequeña, estrechándola con fuerza contra su pecho, ya inútil. Pero nada volvería a ser como antes. Canturreó una nana, luego desvarió, y sus ojos vieron pasar unas plumas blancas e inmensas.

—De los mares lejanos ha llegado la gaviota. No sabe qué

hacer, se ha perdido, extiende con dificultad sus grandes alas y se lanza al otro lado del foso oscuro.

La niña abría débilmente la boca.

—Venga, un poquito más, pequeña Sama. Ahora que te has quedado tranquila, nos dormiremos las dos juntas.

La cabeza de la niña cayó hacia atrás con los ojos cerrados.

Narayani la miró y gritó horrorizada. El cuerpecito que tenía entre los brazos se había vuelto morado.

Se levantó del nicho, muy alterada. Resbaló y cayó al suelo. La niña yacía en la alfombra bordada, un fino hilo de saliva mojaba un símbolo sagrado en forma de estrella. ¡Dios mío, sálvame! ¿Qué puedo hacer? Narayani sintió pánico. Arrojó lejos de sí la urna de cristal, y una arenilla blanquecina se derramó por el suelo. Empezó a recogerla. Sintió el calor de los terrones que se le deshacían en los dedos, el frío de las losas del suelo. Movía las manos frenéticamente, se las cortaba con los vidrios rotos. El polvo se mezclaba con su sangre formando una pasta horrible. Una luz mortecina se desprendió del cuerpecito de la niña. Era su alma, que vigilaba severamente la habitación antes de subir al cielo.

Narayani vio cómo ese lejano resplandor se unía a las alas blancas de la gaviota. El ave de las tinieblas se enfureció y empezó a hacer piruetas en el aire lanzando gritos amenazadores. Narayani se acurrucó sobre los vidrios rotos de la urna como para resguardarse de un ventarrón, pero el batir de alas no cesaba.

Rompió a llorar. De pronto se había dado cuenta de la tragedia y de lo que había hecho. Su cuerpo ardía de fiebre, sus labios pálidos le temblaban.

—Las cenizas de Svasti, la urna se ha hecho añicos. La culpa es mía: le he matado, he matado a Svasti; sí, he matado a mi hijo…

Estas palabras, repetidas sin parar, eran como una letanía fúnebre. La voz, quebrada por el llanto, se apagaba poco a poco.

—Le he matado, le he matado…

22

Narayani gritó su culpa. Los gritos desesperados le salían de las entrañas, y nadie podía aplacarlos. El cuerpo de la niña estaba frente a ella, sin vida. Pero la mente obsesionada, incapaz de reaccionar, pensaba sin cesar en Svasti. La única manera de refugiarse de la tragedia era el delirio y la alucinación.

Arriba en el cielo, entre las nubes, brillaron mil ojos. Miraban a la torre maldita y a la mujer culpable que debía ser castigada.

«No ha llegado aún su hora. No seremos cómplices del crimen», proclamaron las divinidades que montaban guardia en las Puertas del Cielo. Movidos por la compasión, los dioses pronunciaron su veredicto, según el cual el alma de la recién nacida debía permanecer en el mundo de los vivos.

La Ciudad de las Serpientes se sumió en un silencio sobrenatural. Durante muchos días el reino no despertó de ese sueño de piedra. Sólo los gritos de Narayani se propagaron por mares y tierras. Los dioses difundieron por todos los caminos del mundo su triste llamada, llevaron la noticia a todas las guaridas y cuevas donde esperaban encontrar a los seres hechizados que velaban por los hombres.

«Espíritus benignos, el cielo os llama. ¡Oíd la queja de la muerta y los gritos de la reina culpable! Narayani ha cometido un atroz asesinato.»

Un mantra vibró en el éter. Era la señal de que un espíritu, mensajero de la justicia celestial, ya se había puesto en camino para reparar el daño causado.

El príncipe y el niño

La selva extendía sombras verdes y grises, cortadas por inesperados rayos de luz, a lo largo de muchas millas. Por todas partes se oían ruidos ensordecedores, que se confundían en un solo resuello cavernoso, interrumpido por el graznido de los cuervos y el aullido de los monos. Entre los altos troncos se abría paso el sendero que llevaba hasta los rápidos. Estaba tan oculto bajo la espesa bóveda del follaje que parecía sumergido en un lugar subterráneo. Las cascadas del sagrado Ganges aún estaban lejos. Había que caminar por lo menos treinta días por la selva antes de llegar al río.

En un lugar donde el sendero se ensanchaba y la tierra negra se adornaba con una inmensa composición de flores rojas, una complicada geometría de cuadrados y círculos que ni siquiera la mano de un artista habría dibujado con tal precisión, Siddharta dejó la pequeña bolsa que llevaba a la espalda.

Parecía que Svasti había elegido ese lugar para hacer noche. Se lo indicaba tirándole del faldón de su largo vestido y mirándole con una mirada apremiante que el príncipe no le había visto nunca. No había pronunciado una palabra en todo el día. De modo que Siddharta se sorprendió al oír la voz del niño:

—Siddharta, tú eres malo, ¿verdad?

24

El príncipe le miró y no contestó. Con un extraño estupor se dio cuenta de que nunca le había observado con tanta atención como en ese momento, como si sus rasgos físicos se le hubieran revelado de golpe.

Svasti era delgado, y aparentaba unos diez años. Con el pelo rizado y muy negro, podría pasar por un indígena de no ser por su piel, demasiado clara. Su figura fina le hacía parecer alto, tenía la nariz recta y los labios bien dibujados. Recordaba los rostros esculturales y los ojos negros pintados con el *kohl* de los jóvenes caballeros danzantes que aparecían en los bajorrelieves, rodeados de bellas muchachas. ¿Y si realmente pertenecía a una casta noble, y si era un *ksatrya*?, se preguntó Siddharta. Era un pensamiento absurdo, y casi se avergonzó de él.

Svasti iba descalzo, parecía que sus pies no necesitaban protección. Pero Siddharta observó que tenía el dedo gordo despellejado entre la falange y el metatarso. No se explicaba cómo podía caminar. Quizá si insistía en descansar en ese lugar de la selva era por el dolor de la herida.

—¿Te duele el pie?

Nada. Svasti no contestó, como si no hubiera oído la pregunta. Luego, de pronto, le habló:

—Quieres usar tus poderes como hace la araña. Lo sé, pero ahora he aprendido a defenderme de la araña.

—¿Cuáles son los poderes de la araña?

—La araña se queda quieta y mira. Lo mismo que tú. Luego escupe baba blanca y teje su tela que nadie ve, ni siquiera la abeja, y captura las presas que se quedan pegadas.

Al oír esas palabras, Siddharta se percató de un detalle que le dejó aún más asombrado: desde que se habían puesto en camino, con las primeras luces del alba, Svasti no había probado bocado. Había rechazado las semillas y raíces que le quedaban al príncipe en la bolsa. Sólo al ver la poza amplia y profunda de una fuente dio muestras de alegría, y se zambulló en el agua como el ave acuática al ver el destello plateado de un pez.

Svasti buceó, nadó hasta tocar el fondo y bebió mucha agua, tres veces la que bastó para calmar la sed de Siddharta. Cuando se alejaron de la fuente caminó ligero y más ágil que antes. Y desde entonces no se había detenido. Trepaba a los árboles, saltaba las zanjas y hacía acrobacias de contorsionista para esquivar las zarzas rastreras, entre otras proezas. Desaparecía sin dejar rastro para reaparecer más adelante, con hierbas y palitos en su cabeza despeinada.

Quizá esa mirada tan seria, que parecía llena de odio… Claro, pensó Siddharta, Svasti estaba hambriento.

—Hoy hemos avanzado mucho; tal vez lleguemos a los rápidos antes de lo previsto. Tenemos que reponer fuerzas, ahora que está anocheciendo. ¿Qué te parece, Svasti, si encendemos fuego y comemos?

—No sé.

—¿Qué es lo que no sabes?

—El fuego… no sé.

—¿No quieres?

—Sólo el Grande sabe encender fuego.

—Sí, los grandes encienden fuego y tú comes.

—No. El *Grande*…

Siddharta comprendió que debía de ser un nombre. Con «el Grande» Svasti se refería a alguien.

—¿Quién es el Grande?

—No está aquí, se ha ido. Ahora los otros pequeños también están lejos.

—¿Tu familia? ¿Te has quedado solo, te has perdido en el bosque?

—Sí. He subido a la canoa y he dejado a mis hermanos.

Svasti se acercó a Siddharta, le cogió el vestido y tiró de él. Tiró con fuerza, se notaba que estaba orgulloso de mostrarle algo.

—Mira esto.

—Tienes dos marcas negras en el brazo. Parecen quemaduras. ¿Cómo te las hiciste?

Al examinarlas de cerca, Siddharta vio que no eran heridas, como le habían parecido. Las marcas estaban hechas con una hoja muy afilada y una mano experta. Subían desde la paletilla, se extendían por el hombro y terminaban en el brazo. En esas zonas del cuerpo del niño había unos misteriosos signos tatuados. Donde se veían las marcas, la piel estaba arrugada y extrañamente hinchada. Siddharta se quedó impresionado. Miró a Svasti a los ojos.

—¿Quién te hizo esto?

—El fuego.

¡El niño estaba marcado con un hierro candente! Un escalofrío recorrió el espinazo del príncipe. ¿Quién había permitido semejante brutalidad?

Obedeciendo a un impulso ciego, Siddharta pronunció esa palabra.

—Tu madre. ¿Estaba allí?

—No tengo madre.

—Pero si tú me hablaste de ella, me dijiste su nombre, ¿no te acuerdas?

—No.

Después de dar esa seca respuesta, Svasti corrió a unos pasos de allí y se detuvo ante una mata de flores rojas. Se quedó inmóvil, mirando la planta.

Siddharta estaba seguro de no equivocarse. Cuando se encontraron, Svasti había pronunciado el nombre de su madre. Se llamaba Narayani. Viéndole de espaldas, con unos calzones raídos que apenas le cubrían las rodillas, el torso desnudo y como embobado ante las flores rojas, el príncipe recordó perfectamente lo sucedido cuando, después de salir de su palacio y adentrarse en el bosque, se había tropezado con él en el camino.

La luz de la tarde se filtraba por las ramas, los helechos volvían sus grandes hojas hacia los últimos rayos de sol.

—Svasti, ¿qué haces ahí? ¿Por qué estás mirando esa planta? —gritó Siddharta para que le oyera.

27

El chico ya volvía, y se había sacado del bolsillo un puña-do de insectos muertos. Los puso en el suelo, en fila, como un pequeño y ordenado cementerio de insectos y bichos entre los que había gusanos y lagartijas. Pero Svasti también quería enseñar otra cosa. Volvió a hurgar en su bolsillo y, sujetando su abdomen entre el índice y el pulgar, sacó algo como si fuera una magnífica sorpresa.

—¡Mira, la araña aún está viva!

Era una araña enorme y peluda. Con un gesto rápido Svasti la restregó en el polvo. La operación no había terminado: con los dedos le arrancó las patas, luego la cabeza, haciéndolas crujir, hundió las uñas en el abdomen y lo abrió por la mitad como una concha. Por último se comió crudo el interior.

Mientras se disponía a hacer lo mismo con las otras presas, capturadas para comérselas, algo que se movía entre la maleza le llamó la atención. El ruido venía de unas cañas y matorrales que se doblaban y quebraban.

Svasti alzó la mirada intentando ver entre la espesura. Sus ojos estaban aterrorizados. También Siddharta barruntó el peligro: el mal estaba al acecho, venía a su encuentro.

—¡El tigre! ¡Rápido, huyamos! —gritó Svasti.

—No grites. No digas nada. Quédate donde estás y no te muevas.

Con mente lúcida y concentrada, Siddharta dejó que las imágenes pasaran delante de sus ojos. Permaneció inmóvil esperando a que avanzara el enemigo.

La emboscada

Todo ocurrió en unos segundos. El sicario, enfundado en su gruesa coraza de cuero, saltó de entre las zarzas. En ese momento sus ojos, dos hendiduras de ave rapaz, tropezaron con la mirada de Siddharta. ¿Quién era ese hombre desarmado que permanecía inmóvil junto al niño, sin aparentar miedo, firme como la estatua de un dios?, se preguntó. Daba igual, debía cumplir su misión a toda costa, nadie podía impedírselo. La flecha impregnada con esencia de adormidera apuntaba al brazo de Svasti, lista para ser disparada.

—¡Por fin he encontrado a este diablillo que osa rebelarse contra la voluntad de Mara! Ahora te enseñaré cómo se caza a los que rehúyen sus deberes. ¡Ya te tengo, Svasti!

Una red lanzadera, de las de caza mayor, colgaba de su cinto tachonado. Nakula «el Halcón», el sicario de Devadatta, gozaba saboreando de antemano los detalles de su victorioso regreso a la corte.

—Primero le dispararé la flecha, luego le echaré la red encima. Ese mocoso no tiene escapatoria, Devadatta estará orgulloso de mí. Me elogiará y me recompensará. Pero al fin y al cabo ese fantoche me da igual. Será su padre, Dronodana, el

Grande, el adorador del dios Mara, quien me colme de favores. ¿Acaso este mocoso no es un servidor del rajá?

El sicario apuntaba a Svasti, y no se había percatado de que su vida peligraba tanto como la del niño. La enorme tigresa se disponía a saltar sobre el hombre que había invadido su territorio.

El rostro de Siddharta se volvió de mármol. El príncipe no se estaba preparando para la lucha, sino para algo muy diferente, que sólo su mente se atrevía a imaginar. Cada parte de su cuerpo, cada miembro, cada hueso de su esqueleto estaba inmóvil, en el equilibrio perfecto del arte marcial. La respiración, lenta y regular, se acompasaba con el pensamiento. Siddharta medía y calculaba las distancias, trayectorias infinitésimas ordenadas como las mallas de una red, tenía un dominio total de lo que iba a suceder.

Svasti ahogó un grito. La tigresa era enorme y tenía unos colmillos afilados. En la selva había caído la noche, ésa era su hora. Lenta y amenazadora, movía su cabezota a uno y otro lado, husmeaba y reconocía el terreno donde estaba a punto de lanzar su mortal ataque.

—Veintidós pasos desde la piedra negra, 67 desde la rama rota, 8 desde el cañizal. Entre la quinta y la octava mata, por allí saldrá la tigresa. —En sincronía con los movimientos de la fiera, proseguía la milimétrica medición de Siddharta, en cuya mente la imagen de la tigresa era la que apuntaba al arquero.

Luego a contar: uno, dos, tres...

De las fauces de la tigresa salieron tres rugidos pavorosos que encogían el corazón. Los dedos del sicario temblaron en el arco. La cuerda estaba tensada, y la flecha se disparó. Pero el miedo y la prisa erraron el tiro, y el dardo se desvió y fue a hincarse en la grieta de una piedra, donde vibró un momento y se rompió.

—¡Por Mara y por la muerte! ¡No tenías que haberme dado este susto, tigresa cruel y horrorosa, ávida de sangre! Espectro espantoso, de ti huyen hasta los demonios de la noche.

La tigresa saltó. Nakula abrió los ojos de par en par y su cara se transformó en una máscara de terror.

—Soy hombre muerto —gritó.

Siddharta no apartaba la mirada de la tierra húmeda, la dividía en porciones trazando una línea imaginaria entre el hombre y el animal. De repente el salto de la tigresa chocó con una barrera invisible, la fiera cayó al suelo con un largo gañido y, con la cola baja, huyó como si quisiera librarse de algún peligro inminente.

—¿Qué es eso? —apenas tuvo tiempo de exclamar el sicario, y luego se hundió en una oscuridad tan completa que ni siquiera se distinguían las sombras.

—¿Qué es? —musitó Svasti, atónito ante el increíble espectáculo.

Una fosa gigantesca rompió en dos mitades la selva. En su interior hervía una lengua de lava incandescente. Las entrañas de la tierra asomaron a la superficie y fueron escupidas hacia lo alto, formando cientos de lenguas de fuego altísimas.

Al otro lado del muro de llamas el sicario, recién librado de la muerte, había perdido de vista su blanco. Anonadado por el prodigio, sintió que las piernas le fallaban y cayó, soltando el arco. Se golpeó la cabeza con una piedra, un espeso reguero de sangre le resbaló por la nuca. Pero el miedo le impidió desmayarse. El olor acre del pelo chamuscado le hacía toser, el aire ennegrecido por el humo le nublaba la vista y le hacía llorar, se estaba ahogando.

—¡Auxilio, no me abandonéis, voy a morir abrasado!

Nakula braceaba buscando donde agarrarse, pero sus dedos se hundían y se retorcían en el barro, sus piernas cedían bajo el cuerpo entorpecido por la armadura. Agotado, se dejó caer en las llamas, y mientras se hundía en las tinieblas de la inconsciencia, de su boca seguían saliendo imprecaciones y palabras delirantes.

—¡No conozco tu nombre, no sé quién eres, pero sin duda

eres un poderoso mago! Aún más poderoso que Dronodana. ¡Nos matarás a todos, en tu mente reside el fuego de Siva!

Pero su voz enfurecida no podía oírse al otro lado de la cortina de fuego. Un nudo cerró la garganta de Nakula, que permaneció tumbado, aterrorizado. Volvió a abrir los ojos y vio que el fuego había desaparecido y no quedaba rastro de la tigresa enfurecida. La vegetación estaba intacta, exuberante, todo estaba como antes de que le rodearan las llamas. Se levantó trastornado, casi no podía creer que se había salvado, que aún estaba vivo. Vio que el hombre y el niño ya no estaban allí, delante de él sólo divisaba la espesura de las ramas y las cimas emplumadas de las cañas que se mecían con la fresca brisa de la noche. Estaba a salvo, eso era lo único importante. Se levantó y corrió sin mirar atrás hasta perderse en la maleza. A pesar de su prisa por alejarse de ese lugar maldito, Nakula tuvo tiempo de recoger el arco y la flecha rota en la grieta de la roca. Tenía que llevárselos como prueba del milagro.

Cuando ya no se oyeron los pasos del hombre, el príncipe Siddharta hizo una seña tranquilizadora a Svasti y, sacando la cabeza por el hueco del tronco donde se había escondido, salió al calvero.

—Fuiste tú quien hizo la magia, quien alejó a la tigresa. Lo sé —dijo Svasti.

—Había un hombre que quería herirte. Y la tigresa iba a descuartizarlo.

Pero Svasti no le escuchaba, no podía contener su emoción.

—¡Siddharta, tú también eres mago y tienes poderes! ¡Tú también, tú también!

Corría y gritaba, saltando a ambos lados del sendero como impulsado por una fuerza misteriosa. Su cara se transformaba en mil máscaras, y cada una correspondía a un sonido no humano. Su voz imitaba las de los animales, los aullidos del mono, el mugido cavernoso del búfalo. Sus pupilas dilatadas parecían tizones encendidos, sus músculos se tensaban con contracciones involuntarias. Por su cara pasaban la ira, la furia y el miedo, y también la serenidad, el embeleso y el éxtasis, toda la escala de las emociones que acompañan la danza de los gurús y los santones.

De pronto la locura de la danza se calmó. Siddharta le vio caer desmayado, como el vidente antes del oráculo. Con los ojos muy abiertos, mirando al vacío, y el cuerpo inerte. Se inclinó sobre él: el corazón latía regularmente.

Svasti estaba agotado. El príncipe lo levantó y cargó con él. Su cabecita se balanceaba a cada paso y le rozaba la cara. Un aliento cálido le salía de la boca, sus sienes ardían. Svasti tenía fiebre, necesitaba cuidados.

Siddharta se acercó a la roca manchada con la sangre del arquero. Parecía que su herida no era grave, se salvaría. Este pensamiento le tranquilizó. Llevando a cuestas a Svasti, avanzó por el sendero. Vio a lo lejos una empalizada delante de una gruta, más grande y profunda que las que habían encontrado hasta entonces. A pesar de la oscuridad pudo distinguir la entrada. Encima de ella había una enorme laja de piedra de nueve metros de ancho y dos de alto. En ella había una inscripción tallada, pero Siddharta no consiguió descifrarla. Dentro encontró mesas, sillas, camas y toda clase de utensilios tallados en la piedra. La gruta estaba deshabitada, pero la comunidad a la que había pertenecido tenía que haber trabajado de firme para hacerla tan acogedora.

Siddharta vio un nicho que parecía hecho a la medida y acostó en él a Svasti, que abrió los ojos despacio. Ya estaba mucho mejor, pero aún tenía fiebre y sudaba. Lo cubrió con hojas.

—¿Dónde estamos? —le preguntó el chiquillo, soñoliento.

—A salvo, Svasti, estamos a salvo.

—¿En la canoa?

—Sí, la canoa es un lugar seguro. Estamos a salvo.

—Hay que sujetarse bien, tumbarse en el fondo, así el agua no nos llevará consigo.

Siddharta se soltó de su abrazo. Svasti ya dormía como un

bendito. Eligió una cama en el fondo de la cueva y él también se acostó. Los días siguientes le pediría al niño que le contara la historia de la canoa.

Las sombras de la selva y la infancia de Svasti estaban unidas como partes de un misterio único.

De todos los mensajeros celestiales, la más misteriosa era Rada. Lo único que se sabía de ella era que había nacido antes incluso del origen del universo, en la era de Krisna, y alardeaba de ser la preferida de las 16.000 mujeres del dios. Rada había pedido permiso a su divino consorte para dejar el tierno abrazo de las serpientes celestiales e irse a vivir entre los hombres y ayudarles cuando lo necesitaran.

—Es imposible aliviar los padecimientos humanos —le contestó Krisna—, el dolor está en su naturaleza. Pero mi amor por ti es tan fuerte que no puedo impedirte que hagas lo que te parezca mejor.

De modo que Rada obtuvo permiso para convertirse en un ser encantado y vivir entre los hombres como criatura semidivina, con una sola condición, que nadie debía ver su verdadero rostro, de lo contrario tendría que regresar al cielo y nunca más volvería a ver el mundo. Aceptó y se hizo llamar Señora de las Mutaciones.

Un milagro

Al oír los gritos de Narayani y el último suspiro de la niña envenenada, la Señora de las Mutaciones acudió de inmediato. En esa época Rada era una concha que se dejaba mecer por los abismos marinos, y llevaba mucho tiempo sin ejercer sus poderes en la Ciudad de las Serpientes, el reino del dios Mara. Pero los lamentos desesperados de la reina, tan fuertes que conmovían los mares, eran la señal de que tal vez allá, en ese reino tétrico y adusto, también estaba cambiando algo. Una petición de arrepentimiento y redención era insólita para los habitantes de ese lugar de muerte. Narayani debía de ser una criatura distinta de las demás.

Rada recitó la fórmula del viento, y con un solo batir de alas recorrió enormes distancias hasta llegar ante el portón de hierro que cerraba la entrada del reino, rodeado de nieve invernal.

Cuando encontró una rendija para colarse, la Señora se convirtió en insecto con alas más pequeñas que la punta de un alfiler, y voló sin ser molestada hasta la cima de una torre muy alta. Al final de un largo pasillo encontró la puerta que estaba buscando: los gritos salían de allí.

La reina yacía en el suelo. En los brazos y las piernas aún se veían los arañazos que se había hecho con las mismas manos que habían cometido el asesinato. Narayani se las estaba mirando, incrédula, con las palmas abiertas ante sus ojos, preguntándose si tal vez no fuesen suyas. Pero de pronto percibió una presencia. Un zumbido vago se había infiltrado en el silencio gélido que reinaba en la habitación, testigo de muerte y locura; quién sabe cuánto tiempo llevaba allí.

¿Oía de nuevo esos ruidos? ¿Había entrado alguien y se estaba acercando? No, no había nadie. Excepto ella, Narayani, junto al cadáver de la niña.

Sin embargo…

—¿Quién eres? No conozco tu espíritu, es la primera vez que vienes a verme.

—Es la primera vez que me llamas —dijo la voz que había avanzado sin temor entre los muros de la Ciudad de las Serpientes.

Rada hizo otro encantamiento y tomó el aspecto de la criada gorda y tullida que había visto justo antes de subir por las escaleras de la torre. Pero la voz seguía siendo la suya, era suave y vibraba como las notas de una flauta.

—¡Con esta corpulencia seguro que te resulta más fácil verme! —bromeó la Señora de las Mutaciones.

—Si no eres mi criada, ¿quién eres? —replicó Narayani.

Rada, sin prestar atención a la pregunta, se concentró en su misión y empezó a dar órdenes a la reina.

—Rápido, debemos darnos prisa. Las mujeres llegarán de un momento a otro, y todo debe estar como si no hubiera pasado nada. Levántate, Narayani. Sin mirar a las cenizas esparcidas por el suelo, recoge el cuerpecito sin vida y mécelo en tus brazos.

Narayani, respondiendo al dulce sonido de esa voz, siguió sus instrucciones.

—Ahora recita conmigo. Invocaremos a Ganga, la diosa del río sagrado cuyas aguas regeneran y devuelven la vida a las almas inocentes. Durante la oración dibuja un círculo perfecto con los dedos de tu mano derecha en la frente de la niña.

La cabecita por la que pasaban los dedos temblorosos de Narayani seguía caída hacia atrás. Los labios espectrales de Narayani murmuraban poco convencidos una letanía tristísima. Pero la solemne liturgia no se interrumpió, y las súplicas, cada vez más claras, llegaron hasta las Puertas del Cielo, donde la diosa del río las escuchó. Entonces la compasión abrió una brecha en el corazón que hasta entonces había sido severo e inaccesible.

La diosa del río, sobre cuyas olas estaba suspendida el alma de la chiquilla a la espera de abandonar la tierra, soltó el remolino que la retenía y la devolvió al reino de los vivos. La vida volvió a latir en el cuerpecito helado por la muerte.

Fue como si de pronto la luna volviera a resplandecer en una noche oscura y sin viento. Narayani no sabía cómo detener los latidos alocados de su corazón y el pulso febril de sus venas. Era un milagro, y estaba trastornada.

—El miedo a saber la verdad es lo que te produce esa ansiedad —le sugirió la mirada imperturbable y misericordiosa de la misteriosa criatura que había devuelto la sonrisa a la niña sostenida por sus brazos culpables.

Narayani volvió a sentir la tibieza y la suavidad del cuerpecito, que acariciaba su pecho. La niña se quedó dormida, serena, como si no hubiera pasado nada, con el pulso normal y la respiración lenta, sin recuerdos del hielo que la había envuelto. Sólo buscaba calor y ternura, lo que le brindaba el cálido pecho de Narayani.

Fue un breve instante de felicidad, que a Narayani le hizo olvidar todas sus penas.

—Espíritu benigno, ¿qué te debo a cambio de la vida que has devuelto a esta tierna criatura?

—Desdichada Narayani, durante todo este tiempo no has hecho más que encerrarte en tu dolor. Tú sola has tejido un engaño para tu mente. Te has vuelto loca, y casi estabas orgullosa de ello. Has ostentado tus mentiras hasta que tú misma las has creído. La verdad: eso es lo que pretendo a cambio de la ayuda que has recibido.

—¿Qué verdad? No sé de qué me estás hablando, ser divino.

—Concéntrate, Narayani. Sigue estrechando en tus brazos a esta preciosa niña, aunque no es tuya y nunca lo será. Tiene una madre que ahora, por tu culpa, sufre por su ausencia, teme no volver a verla. ¿Quieres causar ese dolor en el corazón de las madres cuya condición envidias?

—Las madres añoran a sus hijos ausentes o desaparecidos. Yo añoro a mi hijo.

—Te estás acercando a esa verdad que aún consideras demasiado amarga para aceptarla.

—Sí, pero no lo entiendo, no sé por qué estoy aquí, entre estas paredes que odio.

No se le podía pedir más a esa mente perturbada, porque toda enfermedad tiene su curso, y hay que respetar hasta los plazos más lentos de la curación. La Señora de las Mutaciones decidió que había llegado el momento de la última transformación, antes de dejar a Narayani con su responsabilidad. El aspecto mortal de la criada gruesa se trocó en la antorcha de un *yaksha* de los bosques, el espíritu que entre sus muchas facultades tiene la de pronunciar oráculos.

Las llamas se agitaron y una nueva voz se dirigió a Narayani:

—Desdichada reina, si sigues atormentándote sólo encontrarás la enfermedad y la muerte. Tú lo has querido y tú lo parirás. En tu vientre se ha formado algo monstruoso que te hará sufrir hasta que lo expulses con un dolor que aún desconoces. Estás embarazada otra vez, Narayani. Pero en esta ocasión nadie está de tu parte, sólo tú podrás librarte de la mentira.

Estas frases sibilinas aumentaron su confusión y su miedo. Narayani se estremecía y sollozaba. Luego la niebla apagó las llamas y disipó la voz del oráculo. La Señora se había marchado, su tiempo junto a Narayani se había agotado.

39

Llamaron a la puerta. La criada auténtica y la joven madre se afanaban en abrir la cerradura, sin conseguirlo.

—¡Narayani, Narayani! ¿Qué ha pasado? Abre enseguida, o haremos descerrajar la puerta.

Las dos mujeres se quedaron pasmadas, sin saber qué decir. Narayani apareció en el umbral sonriendo como no se la veía sonreír desde hacía mucho, y en sus brazos dormía serenamente la chiquitina.

—¿A qué viene tanto jaleo? La niña ya puede volver con su mamá.

La joven madre, atónita y apocada, cogió el envuelto de manos de Narayani musitando unas disculpas.

—Es que oímos gritos. Habríamos jurado que venían de esta habitación, y pensamos que estaba pasando algo malo. Pero ahora…

—La niña está bien, tan bonita como un capullo de rosa, tal como me la trajeron. La he llamado Sama en recuerdo de mi madre. Ahora os ruego que me dejéis volver a mis aposentos, me siento muy cansada.

La criada la detuvo antes de que cerrara la puerta.

—Reina, no me has dicho a qué hora quieres que te traigan otro niño mañana, para el ritual.

—Ya no habrá más rituales, ni mañana ni nunca. Los he suprimido. No quiero que ninguna madre se separe de su hijo para dármelo.

Dicho esto, Narayani desapareció en la oscuridad de la estancia, donde una lúgubre soledad se abatió sobre ella. Se inclinó para recoger las cenizas y los cristales rotos esparcidos por las losas, y su mano rozaba apenas y con movimientos inútiles el montón de polvo. Sólo polvo.

Un rayo de luz se abrió paso a través de las paredes macizas, adentrándose en los recovecos oscuros de la torre. Llegó hasta una puerta y pasó al otro lado a través de la rejilla de hierro. De la habitación salía un hedor irrespirable a podrido. La

Señora de las Mutaciones iluminó el ambiente hediondo y se dispuso a enfrentarse al verdadero responsable del mal, el Mago que odiaba a todos los dioses salvo a la terrible Mara, de la que era un fiel servidor. Se sobresaltó con la sorpresa que la esperaba: ¡el trono de Dronodana estaba vacío! Todo estaba en silencio, no se oía el griterío de las esclavas, ni las vulgares carcajadas de los sirvientes, armados con picas y alabardas. ¡Por eso había podido entrar tan fácilmente para hacer el bien en el reino infernal! Todo el ejército de los condenados se había marchado, estaba fuera de la Ciudad de las Serpientes. ¡Quién sabe qué rincón del mundo había sido elegido como escenario del mal!

El barco del loco

Dronodana, el poderoso e invencible rajá de la Ciudad de las Serpientes, asociado al poder del dios Mara, que había buscado la inmortalidad con el tesón de un arquitecto que erige las fortificaciones de una ciudad inexpugnable, no podía esperar más tiempo. Como el más miserable de los mortales, aquejado de una enfermedad incurable, el mago que había hundido sus garras en las rocas para no ser arrebatado por la muerte, estaba llegando al final de sus días. Lo sabía: ¡el dios Mara le había traicionado! Pero antes de que llegase su hora, Dronodana había jurado volver al lugar donde se había firmado el pacto de sangre.

—Tengo que encontrar el Santuario de mis pequeños sacerdotes, tengo que volver a ver la tierra que llené de sacrificios humanos a cambio de la inmortalidad.

Sus pupilas frenéticas escrutaban el horizonte. El puente de la embarcación era un gigantesco asiento con forma de concha y refuerzos de hierro, clavado a las amuradas de proa, asomándose a las turbias aguas del río como el horrible mascarón de un navío. Sujeto al respaldo con correas de cuero, aislado de la patulea de criminales y prostitutas embarcados con él, Dronodana escudriñaba los meandros del río, que discurría entre las orillas pantanosas erizadas de cañas. Quería ser el primero en ver el embarcadero que tan bien conocía. Desde su posición avanzada, quería ser el primero en sentir en la cara el aire movido por la barcaza en su travesía.

—¡Ahhhhh!

Las insoportables punzadas que atormentaban su cuerpo dolorido aumentaban a cada momento, y sus aullidos aterrorizaban a la tripulación.

—Las sanguijuelas, vacía una cesta entera. ¿No has oído, Varudi? ¡El rajá ha dicho que quiere más!

Así gritaba el médico hechicero, que decía ser experto tanto en los remedios más secretos como en los venenos más eficaces, un ser espectral, un gigantesco hijo de las montañas que Dronodana había querido llevarse consigo para que se ocupara de sus piernas gangrenadas.

—¡Esclavas, moveos! ¡Más cestas de ladillas!

Restallando un látigo, el hombre que respondía por Varudi, jefe de esa chusma asustada, vociferaba a su vez. En el barco reinaban el terror y la locura. Ya eran incontables los días y las noches de la febril cadena humana: los hombres, con brazos sudorosos y caras desencajadas por la fatiga, cubiertos de barro, levantaban y llevaban incesantemente por la cubierta unas palanganas repletas de materia repelente.

—¿Cuántos cubos más de líquido hediondo tendré que tirar antes de que reviente ese viejo montón de carne podrida?

Se quejaba una de las esclavas indígenas, encargadas de las tareas más duras, mientras inclinaba su cuerpo desnudo por la borda para tirar al agua un balde de sustancia amarillenta. Otras esclavas, de piel clara, asignadas a los sádicos caprichos del rajá y adornadas con plumas elegantes y multicolores, procuraban apartarse mientras observaban con asco los bancos de peces con hocico barbado que subían a la superficie para alimentarse con esos excrementos, como movidos por un apetito insaciable. La consecuencia del banquete se vería más tarde, durante la navegación, cuando los cadáveres hinchados de los peces empezaran a flotar panza arriba en la estela del barco.

La carcajada de Dronodana retumbó entre los cañizales y las zarzas. Era la primera desde que comenzara el viaje.

—Un ciclo infinito de carroña pone en circulación mi sangre corrompida. Mirad: ahora las aves bajarán hasta el río para comer el pescado envenenado, y a su vez morirán en la orilla, donde su carne engañará al depredador. Y así sucesivamente, causando una muerte tras otra. ¿Qué piensas, Pamir, que estoy a punto de rendirme?

Pamir, que mordía un tampón de hojas para protegerse de las vaharadas procedentes de los miembros putrefactos del viejo rajá, ni siquiera le escuchaba. Estaba cansado de sus delirios.

Habían pasado tres días desde que doblaron el recodo donde crecía el roble de los vientos, aquel cuyo tronco se inclinaba hasta casi tocar el agua, y ahora, para asombro de la tripulación, habían vuelto al mismo lugar. Durante más de cuarenta horas esos cuerpos, esas espaldas y esos brazos habían sudado sin descanso, azuzados por los latigazos y reventados por el esfuerzo de hacer avanzar la barcaza por las aguas fangosas. Ahora se habían detenido. Estaba claro que se habían extraviado.

En los rostros desencajados por el cansancio se leía la desolación por la locura de la empresa. ¿De qué santuario hablaba el rajá? ¿Existía realmente, o sólo era el fruto de la fantasía de un viejo? ¿Por qué volvían allí? ¿Para qué?

Un rugido se elevó desde el asiento clavado en la proa y resonó en la selva. El viejo rajá no se rendía.

—¡Seguid remando, animales! —tronó Dronodana—. ¡Y tú, Varudi, ven aquí, coge el hacha y córtame la pierna izquierda! —Varudi se acercó indeciso, desconcertado por una orden tan feroz.

—¡Un hacha, animal, un hacha! ¿Acaso crees que Dronodana le tiene miedo al dolor? Cada minuto que pasa esta pierna vierte veneno en mi cuerpo, me está matando. ¡Las sanguijuelas no me alivian lo más mínimo, ¡malditas sean! ¡Un hacha, te digo! ¡Trae un hacha!

Varudi ordenó a dos esclavos que pusieran la hoja del hacha al rojo vivo en el gran brasero donde ardía el fuego desde que zarparon, y luego, en total silencio, preparó un banco de madera para la penosa operación.

El hacha al rojo vivo proyectaba reflejos brillantes en la cubierta mojada del barco, inmóvil en medio del río. Varudi se plantó delante de Dronodana y, sin mirarle, alzó el hacha sobre su cabeza, agarrándola con las dos manos.

—¡Corta ya, maldito esclavo, haz algo! —gritó Dronodana.

El resplandor rojo del hacha dibujó un semicírculo en la escasa luz del atardecer, y Dronodana gritó como un loco al que le ha llegado su hora. El aullido fue tan terrorífico que heló la sangre a todos los seres vivos que se encontraban en los contornos, remeros, esclavas, hasta a las fieras de la selva. No era un aullido humano, sino de un semidiós, de un espíritu condenado que siempre les había quitado algo a los demás, nunca a sí mismo. Dronodana puso los ojos en blanco, vomitó y se desmayó. Su pierna quedó allí, en la cubierta, junto a un arpón. Nadie se atrevió a tocarla.

Pasaron varias horas de delirio. La barcaza navegaba sin gobierno hacia una meta que nadie conocía. Varudi, después de cauterizar la espantosa herida, sostenía la cabeza febril de su amo. Al amanecer, a través de una niebla espesa y húmeda, un torreón derruido asomó entre la vegetación. La tripulación enmudeció. ¿Era ése el templo del que se envanecía Dronodana?

—Despierta, rajá —le dijo Varudi, sacudiéndole—. ¿Es éste el templo del que hablabas?

Dronodana volvió trabajosamente la cabeza hacia la orilla del río y miró. Sus ojos brillaron con un placer obsceno.

—El Templo de los Pequeños Sacerdotes… Entonces Mara aún está conmigo. Me devolverá la pierna, reconstruirá mi cuerpo. Volveré a tener mis poderes —susurró—. Llevadme hasta allí.

Cuatro de los esclavos más robustos desclavaron el asiento de la proa y lo arrastraron por la cubierta. Mientras el rajá hacía un esfuerzo por recostarse para no perder de vista el lugar del desembarco, lo pasaron por encima de la borda.

—¡Rápido, por aquí! Al otro lado de esos bejucos, llevadme hasta allí —repetía el viejo febrilmente.

Una sombría visión apareció ante los hombres de Dronodana. Era una verde montaña, cubierta por las raíces enredadas de banianos, entre las que se veían los grandes sillares del santuario abandonado. Los ojos de Dronodana escrutaron con atención todos los recovecos de la elevada construcción, las posibles entradas ocultas por la vegetación, en busca de algo que sólo él conocía. La espera se hizo interminable. En la barcaza, las putas del rajá se fueron asomando a una a una por la borda.

De pronto, en un hueco entre dos columnas rematadas por un arco, se recortó la figura de un muchacho desnudo.

Cuando avanzó todos vieron que estaba tan sucio que ni siquiera se distinguía el color de su piel.

Dronodana soltó una risita.

—Lo sabía, lo sabía… ¡Ven, pequeño sacerdote, acércate a tu Gran Padre, ven! —gritó con fuerza.

El muchacho, cuya figura ágil y fuerte era casi la de un hombre, se acercó a Dronodana con los brazos colgando y la mirada perdida.

—Ven, mi pequeño, dime: ¿me esperabas? —le preguntó el viejo, complacido.

—Esperamos a Svasti —dijo el muchacho salvaje—. A Svasti, nuestro hermano. Él nos sacará de la casa de la sangre. Él es el nuevo Señor.

—Yo también estoy esperando a Svasti, pobre animal. ¡Ardo en deseos de verle, estoy aquí por él! —Luego, dirigiéndose a sus esbirros, les dijo—: Matad a este muchacho, ahora mismo. Necesito sangre joven para mi muñón de pierna. Las sanguijuelas me han debilitado.

En los aposentos

A la mañana siguiente Narayani se levantó temprano y salió de la habitación. Delante de ella bajaban las empinadas escaleras de la torre y las frías paredes de piedra, por las que deslizaba la mano tanteando cada escalón, como si estuviera aprendiendo a caminar por primera vez por una superficie desconocida para ella. Tenía los pies descalzos, los tobillos más finos, todos los huesos del cuerpo le dolían por los años que había pasado tumbada entre almohadones, mirando al techo.

Bajó varios pisos contando el número de escalones. Las arcadas oscuras la oprimían. Había llegado al peldaño 165 cuando se detuvo. En el fondo de un pasillo vio una habitación con la puerta entornada y una lámpara que ardía en un rincón. Se asomó, mirando hacia el rincón iluminado, atraída por un ruido semejante al que hacen los ratones al roer. Un hombre, sentado en un taburete, desenrollaba sobre sus rodillas unas hojas de palma secas. Las estiraba con los dedos y pasaba una esponja humedecida por su superficie nervada. Al oír pasos el hombre levantó la cabeza.

—¡Buenos días, reina!

De modo que era verdad, pensó el escriba, Narayani había recuperado las fuerzas. En el palacio no se hablaba de otra cosa,

47

su mejoría estaba en boca de todos. Quién sabe, su curación podría traer suerte al reino.

—¿Qué estás haciendo con tanto esmero?

—Estoy preparando hojas de palma, reina.

—¿Hojas de palma?

—Sí, reina. Para que los signos de la escritura se marquen bien hay que tratar las hojas con unos ungüentos especiales. Mira, así, como hago con ésta.

Narayani levantó con cuidado el ligerísimo tejido vegetal y se entretuvo admirando la nervadura transparente.

—Es precioso. ¿Y pasas días enteros preparando estos materiales?

—Bueno, ésta es sólo una de mis ocupaciones —dijo el escriba, inclinando ligeramente la cabeza con perplejidad—. No lo tomes a mal, pero creía que ya conocías el arte de la escritura. No es la primera vez que me ves trabajar.

—Querido escriba, ¿quién dice que las cosas que ya hemos visto o vivido no nos puedan parecer de pronto completamente nuevas? ¿Acaso estas hojas no son todas distintas? El material es el mismo, pero al manejarlo empiezas por el principio cada vez, ¿no es así?

—Sí. Cuando en una hoja ya no queda espacio para escribir, la guardo y empiezo otra nueva, totalmente limpia.

—Pues yo me siento más o menos como lo que acabas de describir: una hoja sobre la que aún no se ha empezado a escribir.

El escriba extendió en un tablero de madera la hoja lista para la escritura y mojó el cálamo en un tintero.

—Dime, escriba: ¿qué escribes?

—Cuentas, Narayani, sólo cuentas. La Hacienda del reino, por desgracia, no permite hacer otra cosa: pilas de inventarios, balances, listas de gastos, cuyo importe aumenta día a día. Ésta es la columna de los números, y éstas todas las partidas que adeudan el rajá Devadatta y, antes que él, el rajá Dronodana. 400 onzas de vino, 127 pieles de oso, 1.926 sacos de avena…

48

podría seguir así hasta las tantas. Y pensar que hay reinos donde el arte del escriba se considera el más elevado, y el que lo ejerce se cuenta entre las personalidades más ilustres... Incluso se dice que algunos graban letras de cinabrio en tablillas de jade verde. ¡Eso sí que me gustaría!

Narayani miraba a la pared y confundía las grietas y las sombras con signos misteriosos. Sentía que le brotaban palabras de dentro como el agua de un manantial.

—Cuéntame más cosas, escriba.

—Podría estar horas y horas hablando, reina, del poder misterioso de la escritura. Puede que sólo sea un escritor de números pero, lo creas o no, con esos números construyo mundos.

—¿Qué mundos son ésos? —replicó Narayani, sintiendo una súbita ansiedad.

—Los que destruyo: litigios de negocios, dramas de deudores, robos y a veces asesinatos que se esconden tras un número, una partida de odres, una onza de oro. Soy el contable de esta incesante y loca actividad, y en el preciso momento en que la pongo por escrito borro para siempre su existencia. Soy el único que sabe lo que ha ocurrido, pero la responsabilidad es insoportable, de modo que la confío a mis páginas. Sólo así me olvido de ella.

—Ah, olvidar... —dijo Narayani, confusa—. ¿Olvidar o recordar? Pero tú, escriba, ¿serías capaz de escribir el pensamiento que me agobia en este momento? ¿Serías capaz de poner en tus palabras misteriosas el rostro, el cuerpo y el encanto de un hombre que está muy lejos?

—Estoy a tu disposición, reina.

EL CANTO DE AMOR DE NARAYANI

Maldito delirio que me has atrapado, torturado
en esa torre de sangre, presa.
Enemigo que tantas veces me has atacado

para hacer que odie a mi hijo, que odie la vida.
Hoy veo que mis carceleros se han quedado dormidos
y en el frescor de la mañana, ¡aquí está! Llega un rostro.

Porque amo y no te he esperado en vano.
Ven, príncipe solemne, con las manos caídas en los costados,
ven y trae los montes lejanos junto a mi torre,
reúne en una llanura todos los campos que veo.
Señora de las cosas imposibles, permítele entrar.

Ven a mecerme, ven a consolarme.
Bésame silenciosamente en la boca,
y pasa inadvertido,
desata el deseo oculto que tengo de llorar.
Ven y líbrame de esta inutilidad en la que me consumo.
Serenamente, como una brisa, en la noche leve.
Tranquilamente, con un abrazo que me apacigüe.
Tráeme amor, con las estrellas que brillan en tus manos.
Todos los sonidos tocan una promesa maravillosa,
pero tú no llegas.
¡Ah! Inmensa lejanía, desierto océano entre nosotros.
Siddharta, príncipe lejano,
capaz de atraerme y arrastrarme contigo.

Pura lejanía,
ven de tu Fuera, de tus noches misteriosas
o déjame morir.

Infancia de Svasti

—Mis hermanos, ¿dónde están mis hermanos? —murmuró Svasti, agitándose en sueños.

Aún no había amanecido. Las aves nocturnas rebullían en las ramas, Siddharta oía sus lejanos cantos desde el fondo de la cueva.

—¡Cuántas revelaciones hay en tu sueño, pequeño Svasti!

Svasti despertó, sobresaltado. Había dormido profundamente, con muchos sueños, y miraba a su alrededor extrañado. No recordaba por qué estaba allí, en esa cueva. Luego oyó la voz de Siddharta que le hablaba.

—Buenos días, Svasti. Hoy será un día estupendo para nosotros.

El chico sonrió, de pronto reconoció al hombre que le había salvado.

—¿Quiénes son tus hermanos, a los que llamabas en sueños? —le preguntó Siddharta.

—Ya no están. Sólo yo he subido al gonga.

—Tu canoa, ¿te refieres a ella? ¿Quieres contarme la historia de tu canoa?

—Se llama gonga —le corrigió Svasti con suficiencia.

Luego, aún soñoliento, repitió varias veces ese nombre:

«gonga, gonga…». Le daba un significado casi sagrado; dicho por él sonaba como una fórmula, un código de pertenencia a una casta.

Pero lo que había en su extraña letanía era muy distinto. Svasti veía en su interior los instrumentos de una orquesta, y los afinó uno a uno hasta recordar todas las imágenes de su pasado. Y entonces, con la repetición monótona y susurrada de esas sílabas, comenzó su relato. Su cara bronceada se relajó, sus mirada salvaje se suavizó. Svasti mostró otra naturaleza que habitaba dentro de él, se convirtió en un sacerdote que recibe en el templo. Y en ese momento recibía a Siddharta.

—El gonga estaba amarrado con una cuerda. El hombre de brazos de metal y larga coleta de pelo negro lo soltó. El hombre dijo: «¡Espérame aquí, no te muevas!». El gonga no podía esperar, la corriente del río lo arrastró. El gonga se alejó mucho. Yo estaba acurrucado, como el bicho dentro de su concha. Permanecía inmóvil y el gonga avanzaba muy veloz. Luego me asomaba, y entonces me mojaba, y luego iba más deprisa que el río, y cuando llegaba a la roca me detenía y la empujaba con las manos, y entonces seguía avanzando muy deprisa y veía las hileras de cañas quedarse atrás.

»Pero cuando caía la noche podía bajar del gonga. Caminaba por senderos de la selva y tenía hambre. Mucha hambre, mucha. Podía cazar insectos fácilmente y estaban ricos, me llenaba con ellos dos bolsillos grandes. Menos los mosquitos, a ésos no los cazaba porque eran muchísimos y me picaban. Picaron a la ardilla, y ya no se levantaba. Ni siquiera cuando la apretaba con las manos, ni después de las caricias. Muchas caricias, muchas. Luego el cuello hizo: crac. Pero cuando llegaba el tigre todas las ardillas desaparecían en su agujero, yo era el único que no cabía. Entonces tenía que correr lo más rápido que podía hasta llegar al tonga; sólo allí estaba seguro.

Por la boca de la cueva entraba la primera luz del día. Los rayos no llegaban hasta la pared del fondo, donde estaba sentado Siddharta. En ese rincón oscuro y recóndito el príncipe callaba y escuchaba. Miraba los bracitos tatuados que formaban círculos en el aire y cortaban con gestos rápidos el haz de luz que iluminaba sólo una parte de la cueva. Svasti estaba excitado, se le agolpaban los recuerdos. En su afán de perseguir las imágenes que pasaban frente a sus ojos, desgranaba una secuencia infinita de episodios. De vez en cuando tomaba aliento, y proseguía con más ímpetu. Nada de lo que contaba tenía fecha ni hora precisas, los sucesos estaban desconectados entre sí, suspendidos en un limbo sin tiempo.

—Un día los dioses del cielo se enfadaron con los espíritus de la selva —continuó recordando la voz de Svasti—. Mandaron la tormenta que dobló los altos penachos de las cañas y rompió los troncos de los árboles. Dentro del gonga tenía miedo, pero mordía la madera y apretaba los dientes, y así la lluvia no lo arrastraba.

»El río levantaba el gonga hasta la copa de los árboles. La tierra había desaparecido, millones de ramas y hojas salían del agua, que se llevaba los nidos y los huevos que antes estaban en las ramas. Entonces yo me cubría la cabeza con los codos porque llegaban los pájaros enloquecidos y me picoteaban. Luego los pájaros volaron y el gonga corría como el viento hacia la catarata. «¡No, gonga, no vayas a la catarata!»

Svasti abrió los ojos de par en par, asustado, como si la espantosa catarata aún estuviera allí, a pocos pasos. Luego se tranquilizó y otra imagen le llamó la atención mientras reanudaba el relato.

—Por la mañana estaba tumbado en la hierba y tenía el pie en un charco de sangre, me dolía. El gonga estaba destrozado. Entre las tablas rotas se movía algo, en medio de las algas se había quedado atrapado un gran pez. Era una carpa. Yo tenía hambre, pero para comerla, antes tenía que matarla. Era fea y muy pesada. Tenía unas barbas que le salían por la boca, y espinas en el lomo. Los ojos eran dos lunas, tenían reflejos raros. «Tienes los ojos demasiado hinchados, carpa. Pareces triste.» Fui hasta el río y la tiré al agua. Durante unos días el río volvió a bajar tranquilo. Pude reconstruir mi gonga.

»Pero no podía guiarlo sin otra pértiga, la que tenía era demasiado larga. La rompí a la medida. Me gustaba remar con la pértiga, navegaba por el río y no paraba nunca. Por debajo corría el agua, y por encima el techo de las hojas que a veces tocaba con la mano. Uno, dos; y uno, y dos, adelante, adelante, sin parar. De día el calor secaba las salpicaduras en la barca; de noche se levantaba viento.

»Cuando ocurrió era la más oscura de todas las noches.

—¿Qué ocurrió? —le interrumpió Siddharta.

—El río me tragó y morí. Mi cadáver yacía bajo el agua junto a los restos del gonga. Pasaron años.

—¿Y luego?

—Luego, un día, oí la voz de un *yaksha* llamándome. Voló hasta mí con su cuerpo largo y sinuoso como la cola de una cometa. Me inundó con una luz mágica y me resucitó.

»—"No me des las gracias —dijo el *yaksha*—, porque tú mismo te has salvado de la muerte. ¿Recuerdas ese día de tormenta que, aunque tenías hambre, echaste la carpa al agua? Pues ese pez era yo, y me he acordado de tu acto piadoso. Soy el *yaksha* Señor del Río, y me encantaría que conocieras mi reino y aceptaras vivir a mi lado todo el tiempo que quieras."

»Pasé muchos años nadando al lado del *yaksha* y mis amigos peces. Me recibieron con todos los honores y me trataron como a un hijo.

»Mi guarida era la gruta de las anguilas. Éstas eran perezosas y no salían casi nunca. Yo, en cambio, me levantaba temprano y el *yaksha* me llevaba a visitar sus tierras sumergidas. Al principio no podía seguirle, porque tenía que pasar por sitios muy estrechos. Luego aprendí a contener el aliento y volverme más fino que una hierba, y pude colarme por todas partes.

»Vi jardines llenos de coral. Enormes avenidas que llevaban al castillo de perlas con alfombras de musgo rosado. En una sala había un tesoro escondido: millones y millones de huevos de todos los tamaños que el Señor del Río guardaba y protegía hasta que las crías tuvieran fuerza suficiente para romper los caparazones. Después de visitar todo el reino hasta el último rincón, después de nadar de las fuentes a los confines de las aguas marinas, quise volver a la superficie y ver de nuevo la tierra. Pero ante todo fui a pedirle permiso al *yaksha*. Quería darles las gracias a los amigos que me habían tratado como a un príncipe. Al oír mi petición de salir del río, el *yaksha* no hizo nada por retenerme. "Lo que has vivido en mi compañía es la envidia de cualquier príncipe, Svasti. Ningún palacio terrestre puede competir con los tesoros que hay en el río. Pero comprendo tus deseos de volver a ver a tus hermanos", me dijo.

Siddharta le miró con admiración. Estaba impresionado.

—Entonces en el río encontraste nuevos hermanos. Pero ¿por qué te alejaste de los verdaderos?

—Ya te lo dije, la corriente me arrastró.

—Dijiste que había un hombre, que él te metió en el gonga. ¿Sabes quién era, y por qué te eligió a ti?

—Ese día me tocaba a mí. Gritábamos: «¡La ceremonia de la sangre es por Svasti!».

—¿Qué ceremonia?

—La ceremonia del sacrificio.

Siddharta calló, pensativo.

—He decepcionado al Gran Padre —prosiguió Svasti—. He sido malo.

—No lo entiendo, Svasti. ¿Puedes explicarte mejor?

—Es la verdad, no digo mentiras.

Siddharta le creía, pero tenía que hacerle una pregunta más.

—A ver si es verdad que no dices mentiras. Svasti, enséñame las palmas de las manos.

Svasti abrió los puños con desgana. Ya no le quedaban insectos para exhibir como trofeos.

—No veo rastro de mentiras, pero creo que estoy viendo algo más interesante.

Siddharta examinó las manos blancas y fuertes.

—Justo lo que pensaba: mañana es tu cumpleaños. Tengo un regalo para ti.

La enseñanza

—¿Esto también? —preguntó Svasti, tirando de un pedazo de tela que le rodeaba la cintura.

—¡Todo, todo! Tienes que estar completamente desnudo.

Siddharta revolvía con un palito afilado el contenido de cuatro cuencos de barro, y de vez en cuando vertía en ellos una mezcla de agua y resina. La pasta, amasada con los polvos, tenía un color distinto en cada cuenco: amarillo, rojo, blanco y negro.

—Tu regalo ya casi está.

Siddharta se arrodilló delante del niño. Svasti estaba quieto y tieso como un soldado esperando órdenes, lo que no le impedía mirar con el rabillo del ojo lo que Siddharta se disponía a pintar en su cuerpo desnudo con el contenido viscoso de los cuatro cuencos. Cuando el príncipe acabó de amasar, a una señal suya Svasti se dio la vuelta.

—Por tu columna vertebral, dentro de tu cuerpo, corre el canal principal de energía. Esta línea que estoy trazando une los seis centros de donde irradia el poder del cuerpo y de la mente. Son como flores de loto, se llaman *chakra*.

En cuanto la punta del palito rozó la piel y empezó a trazar las líneas en el lugar que el príncipe llamó primer *chakra*, Svasti ya se sintió más fuerte y feliz.

La mano de Siddharta partió de la última vértebra en la raíz del ano, dibujando hábilmente una flor de loto con cuatro pétalos. Luego escribió dentro los signos amarillos de este *chakra* y recitó una fórmula.

—Bendito sea el elefante de las siete trompas que suprimirá tus pecados. Cuando la serpiente despierte de su letargo conocerás el pasado, el presente y el futuro.

En la raíz de los genitales Siddharta dibujó una flor con seis pétalos de color blanco y recitó la fórmula.

—Bendito sea el cocodrilo de Visnú que no tiene miedo al agua. Cuando la serpiente despierte de su letargo, el deseo ardiente, la ira, la avidez, la ilusión y el orgullo, y todas las impurezas, desaparecerán, y tú vencerás a la muerte.

Eso le gustó muchísimo a Svasti. Se volvió y la tercera vez mostró el ombligo.

Siddharta dibujó doce pétalos y pronunció la fórmula.

—Bendito el carnero que no conoce el miedo al fuego y vence todas las enfermedades.

Llegado al sexto *chakra*, Siddharta dibujó entre las cejas el tercer ojo, la flor sólo con dos pétalos. El color era blanco lechoso. La fórmula de esta última flor era el silencio.

Siddharta se quedó mirándola y dijo:

—El que se concentra en este *chakra* destruye todos los actos de las vidas anteriores y consigue la liberación. Su conciencia será más ligera que el aire, y volará adonde desee. ¡Feliz cumpleaños, Svasti!

El niño miraba con atención los signos que tenía pintados en el cuerpo, y se puso tan contento que no acertaba a decir nada.

—Ya puedes vestirte. Estos poderes estarán siempre contigo, mi joven amigo del bosque.

—¿Y eso qué es? —preguntó Svasti, después de callar un buen rato. Sobre la cabeza de Siddharta había una especie de sol, desprendía una luz que nunca se había visto en la selva.

Siddharta le tranquilizó.

—No te preocupes, sólo sucede cada cien años —mintió. Sabía que sobre su cabeza había aparecido la flor de los mil pétalos. Era el séptimo *chakra*, que le recordaba la dirección de su camino de asceta—. Cuando la serpiente despierte de su letargo, esta flor desprenderá una luz semejante no a uno, sino a diez millones de soles.

El trauma

Los rayos del sol entraban por la boca de la cueva. A Svasti no le gustaba esa luz.

—Ven a mi lado. Aquí, en el fondo de la cueva, aún está oscuro —dijo Siddharta.

—Tienes razón, aquí se está mejor, así no nos verá nadie —asintió Svasti, moviéndose con agilidad de mono junto a la pared de roca.

Sólo se oía el sonido atenuado de sus voces. La cueva parecía llevar siglos deshabitada, y el temor de Svasti de que alguien los viera era completamente infundado. Pero el príncipe no quiso averiguar su origen. Svasti parecía a gusto en su compañía, y había reanudado su relato.

—Una montaña cubierta de oro en plena selva, decías, y tú vivías en ella con tus hermanos... ¿Erais muchos?

—Todos niños —contestó Svasti.

—¿Fueron vuestros padres quienes os llevaron allí?

—Los pequeños sacerdotes no tienen padres. Viven en las bolsas de los banianos, duermen colgados de las raíces como gusanos de seda. Al levantarse purifican su vestido blanco en el agua sagrada. Al oír el gong recitan las oraciones y se reúnen delante del templo de la montaña de oro. Allí preparan la sangre para cuando llegue el Gran Padre.

—¿Qué sangre?

—La de los brazos y las piernas.

Siddharta miró horrorizado las cicatrices que tenía Svasti en los brazos. En cambio las piernas estaban intactas.

—¿Tú también lo hacías? ¿Te hacías cortes en los brazos?

—Todos los días, con el puñal del juramento. Nos lo pasábamos de mano en mano. Yo era el más pequeño de los hermanos, y me tocaba al final. El Gran Padre estaba contento con nosotros. Siempre que venía encontraba un frasco lleno de sangre fresca. Decía: «Me complace comprobar que habéis entendido cuál es vuestro deber. ¡Sois más disciplinados que un ejército de soldados!». Entonces todos gritábamos a la vez: «¡Viva el Gran Padre!». Sabíamos que con una pequeña cantidad de la sangre de cada uno bastaba para llenar el frasco. Nos poníamos en fila, uno detrás de otro, de puntillas y en silencio.

—Y el frasco con la sangre, ¿dónde estaba?

—Estaba en el altar del dios.

—¿El dios al que adoraba el Gran Padre que bebía vuestra sangre? Repite, Svasti, ¿es así?

—Lo he visto todo. Es la verdad.

—Bueno, si lo prefieres no hablamos de eso. No tienes la obligación de contármelo, si te resulta penoso.

Svasti miró con ojos espantados en la oscuridad, y la mirada de Siddharta se cruzó con la suya. El chicuelo no pudo contenerse y rompió a llorar.

—No es verdad, lo que te he dicho no es verdad. No queríamos vivir en la obediencia. ¡Odiábamos al Gran Padre porque era malo y quería matarnos! Nos daba miedo el puñal, las heridas y toda esa sangre que nunca era suficiente. Cuando oíamos sus pasos a lo lejos temblábamos de miedo, los golpes de su espada curva anunciaban su llegada. Era como si le estuviéramos viendo, con su cuello gordo de bisonte y su lengua de dragón, nos parecía estar oyendo sus carcajadas. Cuando el Gran Padre estaba a punto de aparecer, todos corríamos a ponernos en fila y a alguno se le escapaba el pis y le corría por las piernas. Huir de la jaula de los banianos era una locura. Y no podíamos llorar, lo teníamos prohibido. Pero el hermano no pudo evitarlo, tenía demasiado miedo.

»"¡Sólo los malditos terneros lloran cuando los degüellan!", gritó nuestro padre, y luego blandió el puñal. Sin dar un paso, como si el viento le llevara en volandas, se plantó delante del hermano al que se le habían escapado unas lágrimas. La hoja brilló sobre el vestido y se le hundió a la altura del corazón. Cuando se lo arrancó del pecho era un puño de carne viva. Cargamos el cuerpo del hermano y lo dejamos en el calvero, para que fuera pasto de los buitres. No había estado a la altura de su cometido, había expresado miedo. ¡El miedo es rebelión y debe ser castigado!

La voz de Svasti chillaba mientras su manecita agarraba la muñeca de Siddharta.

—Tú también tienes miedo, Svasti. Y yo contigo. Hay que tener miedo del mal.

Estas palabras no le consolaron. El niño no quería oírlas.

—Soy malo —confesó—. Pero no debía terminar en el calvero comido por los buitres. El dios me había perdonado y elegido para el día de la ceremonia. En la montaña sagrada ya se había asignado un lugar para mi momia de bronce.

—¿De qué te perdonaron? ¿Cuál es tu culpa, Svasti?

—«Svasti no es como vosotros. Su sangre vale mucho más porque ha sido concebido por deseo de vuestro dios.»

El niño revivía la escena y repetía palabra por palabra lo que habían dicho de él delante de los otros niños.

«Miradle, ¿veis a vuestro hermano? Me odia. ¿Verdad que me odias, Svasti? Sí, así es, porque yo soy tu verdadero padre. Y la puta lo sabe. Aún tienes su rabia en los ojos.»

«Yo soy tuyo y no de la puta. Estoy dispuesto a morir por ti.»

«¡Repite eso, repítelo!»

«Estoy dispuesto a morir, al sacrificio.»

«Tengo que morir», dijo Svasti dirigiéndose a Siddharta.

—¿Por qué quieres morir, Svasti?

—Es lo que ordena el dios.

—¿Qué dios? —consiguió preguntar por fin Siddharta.

—El dios Mara.

Siddharta ayudó a Svasti a secarse las lágrimas. Luego salieron de la caverna como de una pesadilla.

—¿He sido malo? —murmuró confuso el niño, en el murmullo de la selva.

Siddharta no contestó.

Era un día de sol y viento cálido que secaba la garganta y daba mucha sed. Había que bajar al arroyo, y Svasti indicó con seguridad la dirección de donde llegaba el borboteo del agua.

—Está aquí, detrás de la cueva.

Svasti se quedó aturdido. Siddharta ya no estaba a su lado, había desaparecido.

—Siddharta, *bhikkhu*, ¿dónde estás? ¿Adónde has ido?

Matanza

Varudi, el médico hechicero, intentaba defenderse a patadas y puñetazos de una de las monstruosas criaturas a las que Dronodana había llamado hijos.

El despiadado asesinato de uno de ellos había desencadenado un ataque histérico y feroz. Al oír el grito de su hermano agredido, cuya sangre aún resbalaba por los labios del Gran Padre, esos muchachos sin edad ni nombre, con miradas extraviadas, habían salido de las grietas de la montaña con un solo propósito: acabar con esos visitantes indeseables con la misma ferocidad que ellos habían demostrado al invadir su territorio.

Los soldados y esclavos de Dronodana, blandiendo sus espadas y cimitarras, hiriendo con sus puñales y hachas, luchaban a la desesperada, dando muestras de un valor y una fuerza inesperados. Pero no había manera de tener a raya a esos hombrecillos que, como vampiros sedientos de muerte, les abrazaban y mordían. Sería imposible decir cuántos eran, no se distinguían unos de otros, su desnudez les hacía iguales como los animales de una manada.

Varudi logró esquivar un ataque con un palo afilado: el vampiro cayó al suelo con su frágil pecho atravesado. El hechicero miró a su alrededor, satisfecho y enardecido. Hizo ademán de acudir en ayuda de un compañero que había perdido la espada y estaba a punto de sucumbir, pero Dronodana le retuvo.

—¡Muy bien! Quédate aquí a mi lado, observa la matanza. Estos seres horribles deben ser exterminados ahora que no obedecen mis órdenes.

La batalla arreciaba: cuerpos hendidos, perforados, descuartizados rodaban por el suelo en una confusión infernal. Los gritos eran ensordecedores, los animales de la selva huían y los pájaros habían volado de las copas de los árboles. Hasta las fieras, aunque husmeaban el olor acre de la sangre, se mantenían a distancia. Dronodana era el único que no había sido atacado, pero sabía que era cuestión de tiempo y que esos hijos monstruosos le tenían reservado el peor final. Sería su último bocado.

—¡Estamos asediados en este maldito lugar! —exclamó Varudi.

—Yo he causado todo esto, Varudi. Mis hijos no me perdonan que les haya abandonado. Sin mí ya no saben quiénes son ni lo que quieren. ¡Debemos exterminarlos a todos!

No había tiempo para escuchar las palabras delirantes e incomprensibles con que Dronodana creía infundir valor a quienes luchaban para salvar el pellejo. Varudi miró fijamente al soberano.

—Entonces, si eres el padre, aún puedes hacerles entender que has vuelto. En adelante ya no temerán perderte, puesto que has venido a pedirles perdón. Haz que pare esta carnicería, eres el único que puede hacerlo.

—Sí, así es. Bastaría una señal mía para que volvieran a estar embrujados como cuando eran niños.

—¡Hazlo, Dronodana! —gritó Varudi—. ¡Antes de que estos malditos se nos vuelvan a echar encima!

De pronto los muchachos dejaron de luchar, todos a la vez, como si hubieran recibido una orden oída sólo por ellos. Se retiraron, bajaron la mirada y se buscaron asustados unos a otros. Los soldados de Dronodana, reponiéndose del ardor de la lucha y doloridos por las heridas, miraban a su alrededor, asombrados. Los muchachos se habían juntado y formaban una maraña informe de miembros desnudos, brazos que se frotaban unos a otros. Gimoteaban y se lamían o ronroneaban, se restregaban contra la barrera de banianos como si fueran gatitos asustados.

Varudi miró a Dronodana: no se había movido, no había hecho el menor ademán dirigido a los muchachos. ¿Cómo, pues, habían obedecido éstos su orden? Y si no había sido él, ¿quién entonces?

Dronodana rió. Todos le miraron aterrorizados.

—¿Os ha gustado mi broma? ¡Ya estoy otra vez en mi adorado Templo de la Inmortalidad, ya vuelvo a ser omnipotente! Estos muchachos, demasiado débiles y salvajes, ya no me sirven. El secreto de mi longevidad no corre por sus venas, ni por las de mi hijo Svasti. Mara ha vuelto a hablarme, me ha librado de la esclavitud.

La vida de Dronodana ya no dependía de la de otros seres, por devotos y puros que fueran. La savia que da la vida, el secreto de la fuerza, estaba oculto en las entrañas de la tierra, preñada de poderes sobrenaturales y defendida por la barrera de las sagradas raíces de los banianos. La montaña cubierta de pepitas de oro, que el dios Mara había hecho llover en los tiempos remotos del origen del mundo, resplandecía más que nunca. ¡A ella había que adorarla, no a unos míseros mortales!

Apoyándose en un bastón a modo de muleta, Dronodana avanzó lentamente con la única pierna que le quedaba hasta la entrada del santuario. Desde allí gritó sus órdenes:

—¡Que la ira que he desatado en vuestro interior, al gastaros esta broma pesada, os sirva de lección! Nadie puede librarse de mí ni de mi poder. Esclavos, os espera una dura tarea. ¡Dronodana ha renacido, y el Templo tendrá que renacer! No elegiré a ningún consejero, a ningún jefe. Para mí sois todos iguales e igual es el sudor de vuestra frente, como la obediencia y el respeto que me debéis. Adelante, empezaremos desbrozando el terreno. ¡Fabricaos los aperos necesarios y haced lo que os ordeno!

Los hombres miraron a su alrededor, desorientados. Luego, temerosos, se dispusieron a cumplir la voluntad de su soberano. Ninguno hablaba con sus compañeros, y en un silencio hosco se dedicaban a hacer picos y azadas, o cualquier otro apero de hierro o de madera para cortar los troncos, las zarzas y las demás plantas que oscurecían el cielo. Sólo debían dejar en pie los banianos.

A todo esto los muchachos hechizados seguían allí, agrupados bajo las ramas, maullando.

—Rajá Dronodana —osó preguntar una mujer mientras arrancaba las matas de raíz con las manos—, ¿qué hacemos con ellos?

—Matadlos, a todos. Mirad, su fosa ya está cavada. ¡Eh, vosotros! Venid conmigo.

Dronodana juntó a diez esclavos con hachas y les ordenó que mutilaran los cuerpos de sus hijos rebeldes y los arrojaran en una hondonada.

—Su sangre ya no me sirve, será como un limo fértil para esta tierra. ¡Regadla, pues!

El viaje de la mente

Por fin lo había oído. Siddharta había oído pronunciar el nombre del dios Mara. El único trono que había permanecido vacío el día de su nacimiento, cuando las huestes celestiales y todos los dioses se habían reunido en el bosque de los sakya para bendecir la cuna del reencarnado, había sido el suyo. Sin embargo nadie le había hablado nunca de ese dios desertor, ni siquiera sus más allegados. Pero Siddharta no sentía rencor, ¿de qué sirve el anuncio de la visita de quien de todos modos irá en tu busca? Mara había enviado a Svasti al encuentro de Siddharta, su enemigo más peligroso, con esa intención. El dios del Deseo era un maestro manipulando a los seres, sabía cautivar con el mal a quienes tenían sed de mal, y con el bien a quienes tenían sed de bien. Era un Gran Mago, y del vuelo de su manto sacaba infinidad de ilusiones, tentaciones irrenunciables para los hombres. El Gran Padre y el propio Svasti estaban encantados por él.

—¿Son reales las islas y las princesas? —había preguntado un príncipe—. ¿Es real la muerte? —se preguntaban todos—. Sí —contestaba Mara.

—El mal existe, príncipe Siddharta, y yo, niño huérfano, soy el resultado. Aún llevo sus cicatrices. Si ya te habías alarmado al descubrir el dolor de la enfermedad, la vejez y la muerte, ¿qué me dices ahora de estos brazos heridos?

Gracias a Svasti, Siddharta lo entendió. Debía llamar a la puerta de ese reino y desenmascarar la magia del dios Mara.

Era una noche de invierno. Siddharta miró al cielo, estaba tan claro que parecía falso, y se cernía severo sobre su cabeza rozando las altísimas cumbres nevadas. Por encima de las montañas centelleaban unos luceros de hielo, fue lo que se dijo el príncipe cuando se encontró en un lugar donde no había estado nunca.

Allá a lo lejos, en el altozano surcado por las empinadas revueltas del camino, ondeaba la enseña del palacio. Los símbolos sagrados indicaban que ese lugar era la Ciudad de las Serpientes.

Pero al otro lado de las murallas Siddharta sólo encontró silencio adusto, balcones sin ventanas, puertas cerradas a cal y canto y callejuelas por las que parecía que nunca pasara nadie. Era un lugar olvidado por el mundo.

Donde lo absurdo también era posible. Siddharta lo notó varias veces. Levantó el brazo para sentir el viento, hundió los pies descalzos en el suelo cubierto de nieve y miró con estupor la cantidad de glaciares que caían a pique de los precipicios. ¡En ese paisaje de hielos y sombras no hacía frío! Este descubrimiento le desconcertó, y no fue el único. Pero aún no había tenido tiempo de preguntarse cuáles y cuántas magias encerraban esas murallas, cuando de pronto se encontró delante de su anfitrión.

Había llegado a la torre y vio la gran cobra de Mara con el cuerpo reluciente de escamas. Y le habló.

—De modo que ésta es la inmensa muralla, amiga y enemiga del cielo, que los hombres llaman Himalaya, pasándose de generación en generación el nombre que vibró en la mente del dios Siva cuando se retiró aquí durante millones y millones de años. Mara, ¿tú también, como el divino asceta, has decidido meditar entre estos picachos solitarios?

Silencio y fuego. Al dios no le había gustado la noble comparación.

Entonces Siddharta se arrodilló ante la torre, que relucía con los rayos de la luna. Su gesto era el saludo obligado del fiel que deseara ser acogido en el reino. Sólo cuando la cabeza rasurada del príncipe rozó la nieve y sus palmas también se apoyaron en el suelo mojado, las piedras del edificio cobraron vida. Bastó con que se arrollara lentamente un anillo en la base del monumento para que el estremecimiento del poder divino llegara hasta la cabeza triangular de la cobra. Mara habló.

—Bienvenido, Siddharta, salvador de mi hijo Svasti.

—Svasti no está salvado, aún padece.

—Sí, pero ahora me gustaría que fuese tu discípulo. Tú le harás superar el sufrimiento.

—¿Por qué me ofreces con tanta facilidad a tu hijo?

—El mal se somete al bien. Me has convencido, Siddharta.

—Crees en mí, estás dispuesto a bendecirme entregándome a tu hijo. Lo que no hiciste cuando nací lo haces ahora, Mara.

—Mírate, tienes un aspecto muy pobre, nadie diría que eres un príncipe. Ninguna joya adorna tus cabellos, y sin embargo la gente se inclina ante ti, las mujeres se enamoran, los dioses invocan tu nombre. Yo también he estado contigo todo este tiempo. Ahora ya conozco tu ropa andrajosa, tus manos acostumbradas a los callos y las ampollas, no a las sortijas, tus pies que han pisado barro. Siddharta, te doy las gracias por hacer que lo entienda. Ya no voy a escabullirme en tu presencia.

—No puedo creerte, son ilusiones tuyas.

—Entonces mira lo que hay arriba en la torre. ¿Te parece una ilusión?

—Ella, la reina… encerrada en una habitación, recogiendo cristales rotos. No es la primera vez que veo a esa mujer inquieta. Ha sido mía varias veces, en las vidas anteriores.

—Eso es. No hay nadie más concreto y auténtico que ella, Narayani. Ha demostrado tener mucho valor.

—¿Cómo? —preguntó Siddharta, extasiado con la visión de esa mujer. En su mente se agolpaban muchos recuerdos, estaba tan confuso…

—Escucha, Siddharta, el canto que ha escrito la reina para ti. No pensarás que una voz tan sincera como la suya es mera ilusión.

Siddharta escuchó.

—Ahora te creo, dios Mara. La cara de esta mujer no es un encantamiento. Nunca habría imaginado que el encuentro contigo pudiera dar tantas posibilidades a mi camino. Te seguiré buscando.

Pero antes de que Siddharta lograra dar la espalda al dios y volver por donde había llegado, retumbó un trueno en las nubes cargadas de lluvia, en señal de buen agüero, y un concierto de címbalos anunció el final del invierno en toda la ciudad sombría.

—Si aún no me creías del todo, mira a tu alrededor, Siddharta. Has sido tú, has traído la primavera adonde casi siempre es invierno. ¿No es acaso una prueba aún mayor del bien que llevas contigo?

Siddharta estaba maravillado. Vio cómo su luz envolvía las montañas y derretía los glaciares. Detrás de sus pasos la tierra germinaba. Miró al cielo: por el alba reciente volaba una bandada de cisnes blancos. Era un espectáculo sublime que regocijaba el corazón.

Uno de los cisnes se separó de la bandada y bajó a su lado. Llevaba unos regalos en sus alas.

—Son para ti —dijo Mara, antes de despedirse—. Los has pedido y ahora te los mereces.

Siddharta recibió los regalos como la más preciada bendición. Eran los collares del asceta, los pobres objetos que con su sencillez acompañan al peregrino en los trabajos y las alegrías, recordándole que sólo debe buscar la esencia de las cosas. Llevaba tanto tiempo deseándolos que con sólo tocarlos se sintió en paz consigo mismo.

Se colgó del cuello la escudilla del renunciante, se puso el vestido nuevo y empuñó el bastón, recogiéndolos del montón de nieve donde los había dejado.

La nieve mojó su mano y se secó enseguida. Antes de salir del reino, Siddharta miró de pronto hacia atrás, con el horrible presentimiento de que todo había sido una ilusión. No, su credulidad no podía haber llegado a tanto… Pero al mirar allí, al lugar de donde los había recogido, encontró los objetos. Y vio que estaban gastados.

La escudilla oxidada

«Yo soy el Bien y tú eres el Mal; yo soy de verdad y tú eres el mago»… ¿Quién era él para poder decir con seguridad cómo eran las cosas? Siddharta había cedido al gran engaño, a las ilusiones de Mara. Estaba sentado al borde del prado, detrás de la cueva. Junto a él borboteaba el arroyo. Esa fiesta de agua y musgos le hacía sentirse aún más triste.

Sus dedos se volvieron de plomo al comprobar la magnitud de su fracaso. Los bordes rugosos de la escudilla eran como tajos en la piel. Herrumbre, sólo herrumbre. Mara le había embaucado, se había burlado de él haciendo que aceptara esos regalos fatuos y terribles. Para el dios tentador todo había sido un pasatiempo, mientras que él, Siddharta, le había creído. Si antes había sido el bastón podrido y carcomido, y el vestido harapiento, ahora también la escudilla, mostrando su naturaleza maligna, se burlaba de él. No eran objetos de buen agüero, sino espejos de sus culpas.

«¡Valiente asceta serías, príncipe Siddharta! Y eso de evocar la imagen de la mujer, ¿no habrá sido también arte de magia, y de la tuya, además? ¿Por qué no la dejas en paz en vez de seguir atormentándola con tus visitas en sueños? ¡Sueños que se reducen a herrumbre!» Siddharta se confesaba sus propios errores. «Sabes que Narayani es el fruto de tu ceguera, de tus ansias de vivir, eres tú quien, como un mago, la ha creado de la nada. Has permitido que apareciera hoy, como ayer y en todas las épocas pasadas, en cada una de tus vidas. Le has brindado a Mara la posibilidad de utilizarla, el dios lo ha aprovechado dándole un hijo para hacerla más insidiosa, la verdadera y oscura tentación que entorpece tu camino. Mientras Narayani no vea a su hijo seguirás siendo una obsesión para ella, y ella, a su vez, será tu desasosiego. Si no te libras a ti mismo del sufrimiento, ¿cómo puedes convertirte en el Buda? El mal todavía acecha, Siddharta.»

Esos pensamientos caían como piedras sobre él, que se dejaba abrumar por el peso de las vidas anteriores a su reencarnación en aquel que estaba predestinado a convertirse en Buda. Pensaba en el afán con que había buscado el brillo negro de sus ojos y las manos finas y voluptuosas de esa mujer, que era sueño y realidad a la vez. ¿Qué podía hacer para romper el hechizo que los apresaba a los dos en esa búsqueda sin fin? ¿Cómo podía limpiar la herrumbre de sus destinos?

Brahma, dios creador del universo, observaba la escena desde los cielos. Mientras Siddharta se creía extraviado entre la realidad y las ilusiones de los sueños, habló a los bienaventurados: «Mirad, cuando el príncipe cierra los ojos y el temblor no abandona sus párpados, significa que está en el buen camino. Su respiración, que poco a poco va calmándose, trata de conocer el ritmo de las respiraciones del universo y los mundos, cada célula de su cuerpo se prepara y se dispone con arreglo al orden de los elementos de la naturaleza. Él sólo ve confusión, pero en realidad hoy Siddharta ha entendido muchas cosas de sí mismo, y este gran valor es lo que le ayuda a convertirse en Buda. En este momento Siddharta es como un pensamiento que piensa en sí mismo y ahuyenta sus propias mentiras».

El príncipe estaba tan absorto que no se dio cuenta de que había vuelto al estado de vigilia de la conciencia. Había vuelto al presente, al «aquí y ahora».

Estaba al lado del arroyo y veía la cueva donde el niño y él se habían contado sus experiencias. A propósito, quizá Svasti…

—¿Me buscabas, Siddharta?

Svasti, el hijo de Narayani, acababa de llegar. Tras él sonreían cuatro individuos de piel morena, pintada con signos blancos desde la punta de los pies hasta la coronilla. Era como si alguien hubiera exhumado sus cadáveres de una tumba de barro.

—Svasti…

—Éstos son mis amigos, los faquires. Cuando les vi parecían lajas de piedra colocadas en el suelo. Fue ahí, a la entrada de la cueva, tropecé con sus cuerpos y les desperté. Ni siquiera tú te habías percatado de que eran hombres, tenían la cabeza metida en agujeros y cubiertas de tierra. Me han enseñado el ejercicio de la meditación.

—¿Cómo habéis llegado hasta aquí?

—Me han dicho que te buscara en el arroyo. Te había señalado dónde estaba el agua, ¿recuerdas? Tenía sed, pero tú te adelantaste.

Siddharta le indicó a Svasti un lugar junto a la pequeña cascada donde podía saciar su sed.

—No quiero, ya no tengo sed.

—No me he movido de aquí, Svasti, te he estado esperando.

—Lo sé. Los faquires me han dicho que eres un asceta.

Siddharta se levantó para saludar.

—Svasti, yo no soy un mago. Pero tampoco soy todavía un auténtico asceta. Las marcas de óxido de la escudilla señalan que he ido a ver a los espíritus malignos y no he sabido aniquilarlos. Me he dejado tentar por falsas ambiciones: la herrumbre no miente.

Si había algo que Svasti aborrecía, era que Siddharta hablara a propósito de esa manera incomprensible para él.

—Sólo puede ser así —continuó el príncipe—. He querido ser una rama seca para pasar indemne por el fuego, y después me he enamorado de las llamas.

Uno de los faquires asintió, dando a entender que sabía a qué se refería.

—Nosotros miramos a la muerte cara a cara todos los días y luego la superamos.

Svasti no escuchaba. Miraba con admiración el aro de hierro que atravesaba un pedazo de carne en el mentón del que había hablado.

—Tienen muchísimos, y también más afilados. Todos los faquires usan esos aros para mortificar su cuerpo. Pero sus heridas no sangran: la piel de los hombres de esta tribu es como una coraza de acero. Son invencibles. ¿Tú sabes hacerlo, Siddharta? También tú eres invencible, ahora, ¿por qué no se lo demuestras?

En respuesta a las palabras de Svasti se oyó un coro de aclamaciones a la entrada de la cueva. Empezaron a salir más hombres desnudos. Eran muchísimos, incontables, y cada uno tenía una complicada mutilación producida con agujas de todas las clases y tamaños. Su aspecto era monstruoso, con la cara llena de ojeras y arrugas, y sin embargo sus ojos brillantes expresaban un gozo íntimo y anhelante. Desde el primer momento Siddharta sintió repulsión por esa gente. Fingían ser portadores de la verdad, pero sólo se preocupaban de impresionar al niño y buscar una ocasión para competir entre ellos.

—Enséñale al discípulo tu doctrina. ¡Enséñanos lo que sabes hacer, vamos, enséñanoslo!

El ejército de faquires rodeó a Siddharta. Svasti le miraba con ojos implorantes.

—No pienso quedarme aquí. El niño y yo debemos partir enseguida, tenemos que estar en el Ganges dentro de dos días.

—No iré si no te pones a prueba como hacen ellos. No me gusta tu piel sin cicatrices, Siddharta —le urgió Svasti.

—Tienes razón, en mis brazos no hay cicatrices como en los tuyos y en los suyos. Pero eso no quiere decir que no sienta el mismo dolor. Y si tú, Svasti, dices que el dolor hace fuertes a los hombres, te aseguro que soy tan fuerte como vosotros.

—¡Si eres fuerte tienes que demostrarlo, tienes que luchar!

Era inútil seguir insistiendo. Svasti necesitaba ver, aún no entendía que el cuerpo y el alma son la misma realidad, y que si tienes cicatrices en uno también las tienes en la otra, aunque sean invisibles.

—De acuerdo, acepto. Decidme qué tengo que hacer —consintió el príncipe.

Los faquires

El sol lucía en lo más alto. A la sombra de los árboles no se veía, pero se sentía en la piel. La selva estaba atrapada en sus fauces, hacía mucho calor.

Siddharta caminó a través del nutrido grupo de faquires, y le llevaron en presencia de su jefe. Era un hombretón de barba blanca con unas plumas de ave colgadas del cuello como un trofeo. Su abultada barriga le obligaba a inclinarse un poco hacia delante y a sujetarse la espalda con las manos, con los codos hacia arriba. Parecía un pajarraco con las alas desplumadas.

—¡Nuestro gurú!

Los faquires se arrodillaron, uno tras otro, como una cascada de frutos de un árbol sacudido.

El hombre, con un estertor, les ordenó ponerse en pie. Se comunicaba por señas, no hablaba ninguna lengua. Más adelante Siddharta comprendió que el gurú no articulaba sonidos porque no podía, era mudo. Tenía la lengua atada, colgando inerte del paladar. Había que hacer un esfuerzo para no reír con sus muecas.

El gurú volvió a gesticular y un adepto contestó con un extraño quejido y le tendió un puñal. Le dieron otro a Svasti, que se lo pasó a Siddharta. El niño había entendido lo que iba a pasar, y se dedicó a traducir.

—Ha dicho que debes cortarte la lengua con este puñal. Él también lo va a hacer. Entonces veremos cuál de los dos no sangra, quién está listo para la prueba definitiva de superación del cuerpo y el dolor.

La lengua del gurú, que llevaba quién sabe cuánto tiempo así atada, era ya un pedazo de carne gangrenada, y si no se la cortaba acabaría cayéndose. Siddharta no se había sometido a esa larga preparación, y al mutilarse le saldría la sangre a borbotones.

El jefe dio un bufido, y el adepto oficiante que había proporcionado los puñales dijo:

—Nuestro gurú está dispuesto a cederte su doctrina y su autoridad de guía si superas la prueba. Pero si te niegas serás declarado perdedor y expulsado de la comunidad.

—La doctrina de vuestro gurú es magnífica. He aprendido muchas cosas de él —replicó Siddharta ante todas las miradas de asombro.

¿Qué significaba esa provocación? ¿Cómo osaba jactarse de conocer una doctrina en la que ni siquiera los adeptos habían sido iniciados todavía?

—No necesito esta prueba para poner en práctica las enseñanzas del gurú —replicó el príncipe—. Gracias, Svasti, puedes devolver el puñal.

—¡Antes me ataré las manos a la espalda!

Svasti, decepcionado y ofendido, le dio la espalda con desdén. El puñal que le tendía el príncipe cayó al suelo.

Siddharta no hizo caso de su enfado.

—Estoy listo, podemos partir. En el camino tendremos ocasión de profundizar en lo que hemos aprendido de esta gente, Svasti, y lo pondremos en práctica.

—Yo no voy a ninguna parte contigo. Me quedo aquí con los faquires.

—Está bien. Adiós, faquires —dijo Siddharta, y se despidió de la comunidad que le había acogido.

En la bolsa aún tenía algunos víveres, pero al día siguiente, a más tardar, debería detenerse para recoger otra provisión de raíces. A esa altitud aún podían encontrarse gruesas raíces de ginseng, pero el terreno iba bajando y pronto a las cuestas empinadas les sucederían las colinas. Siddharta no conocía la vegetación de esas regiones, y debía buscar otras plantas para sustituir al ginseng que tanto le gustaba.

En la cueva se oían los pasos de un baile al compás de los tambores. Tal vez celebraran el corte de la lengua. Svasti se había quedado con esa gente para aprender las prácticas y costumbres de la selva, donde se encontraba tan a gusto. No se sentía preparado para salir de la jungla.

Sus caminos se separaban. En una encrucijada se habían encontrado, y en una encrucijada se separaban: este pensamiento surgió de pronto en la mente del príncipe, y por un momento le distrajo de la siguiente meta de su viaje. Un vestido, una escudilla y un bastón de asceta, los verdaderos, le estaban esperando.

El maestro río

Siddharta iba al encuentro de Arada, el asceta de la profecía, el sabio con la piel color de ortiga. Al pasar un barranco vio el claro del bosque al pie de unos cerros, señal de que casi había llegado. Allí, a pocas horas de camino, por fin divisaría lo que más emoción podía causarle: la primera cascada del Ganges, el río sagrado.

Según recordaba Siddharta, junto al lecho del río se alzaba el *ashram* donde el maestro Arada, cuando hablaron en Kapilavastu, le dijo que estaría esperándole con paciencia.

—Estas murallas que aún no sabes cruzar y allende las cuales pulula la vida de los hombres, te impiden ver el horizonte. Pero yo no soy el único que espera, al otro lado, el advenimiento del Buda. Los peregrinos que vamos en busca de la verdad, y por lo tanto en busca de nosotros mismos, hemos elegido tu vida, Siddharta, como ejemplo que debemos seguir.

Así habló el viejo Arada, y luego se hicieron la solemne promesa. El encuentro estaba a punto de producirse, y Siddharta temía no poder contener la emoción. Cuando viera esa piel marchita sobre los huesos salientes, las cuencas profundas de esos ojos de vidente, quizá se echaría a llorar.

Pero ¿cuánto iba a prolongarse todavía la espera? Los momentos más cercanos a la llegada siempre se hacen interminables. El ansia y la prisa no eran adecuados para la ocasión, podían malograrla. ¿Acaso una ola adelanta a las otras para arrojarse la primera en el mar, cuando el río lleva una sola dirección y ese momento llegará tarde o temprano?

«Río. ¡Río sagrado! Qué pequeños podemos sentirnos», suspiraba Siddharta para sus adentros. Bajo los rayos del sol, la majestuosa masa de agua de la cascada era cegadora. En su constante rebullir parecía concentrada toda la energía del universo. El agua se derramaba en la garganta bramando como un dios enfurecido, las salpicaduras chispeantes incendiaban el aire. Más allá, en la vasta llanura, el Ganges arrastraría los troncos gigantescos y los montones de tierra que el príncipe veía bajar rodando por los rápidos. Entonces el agua ya no sería clara como en la fuente, se volvería oscura, impregnada de la riqueza del suelo. Los campesinos le habían explicado que ese color turbio aportaba fertilidad, el limo era indispensable para cultivar los valles. Pero cuando el Ganges, con el ímpetu de los monzones, se embravecía y salía de sus márgenes causando muerte y destrucción, en las aldeas llegaba el momento de las oraciones y las rogativas.

Arada tenía razón, el Ganges no se podía describir, era una sorpresa demasiado fuerte. Siddharta permaneció inmóvil admirando el poder sobrenatural del río. Respiró profundamente, se llenó los pulmones de un aire estimulante que le hacía feliz.

Su contemplación quizás había durado demasiado. De pronto, en el brillo de la cascada vio que se dibujaba una imagen tan nítida y fulgurante que tenía trazas de ser real. Era la forma esbelta de una mujer con larga cabellera azul, y los lóbulos de las orejas adornados con crecientes lunares. Sólo entonces el príncipe comprendió que estaba en presencia de una divinidad. El río había oído sus pasos.

—Soy Ganga, la impetuosa hija del Himalaya. Arada me ha anunciado tu llegada. Su mente, sumida durante años en largas meditaciones, me ha pedido que te reciba y te cuente mi historia. Escucha pues, Siddharta, lo que te dice el maestro a través de mi voz.

Siddharta, acordándose del relato de la torre perfecta y las demás enseñanzas que Arada le había transmitido con el lenguaje de la clarividencia, prestó atención a la diosa Ganga.

En el *ashram* todos los monjes se agolparon alrededor de Arada, acostado en su jergón de agujas de abeto y hojas.

—Ha llegado Siddharta, tal como os había enseñado —dijo el vidente a sus discípulos, y murió.

—Un día —empezó a contar la diosa a Siddharta— bajé del cielo para atender las plegarias de los hombres. En aquel tiempo la tierra era árida, no crecía ninguna planta entre las grietas y las ranuras de las rocas. Hasta donde alcanzaba la vista no había más que extensiones polvorientas. Polvo y más polvo. Los hombres rezaban al cielo rogándole que no les dejara morir de sed. Su voz se elevó hasta el reino de los celestiales, en las cumbres altísimas del Himalaya, y yo la escuché. Salí del paraíso y me derramé sobre la tierra para inundarla con mi propio cuerpo. Pero fui demasiado impulsiva. El ímpetu de mi caída fue tan violento que estuve a punto de destruir la tierra, inundándola para siempre en un mar de agua oscura y fría. Entonces bajó del cielo otro dios, Siva, el del cuerpo de fuego. Se desenredó un momento sus largas trenzas negras y las extendió por la tierra para que sostuvieran mi caída. Desde entonces fuimos amantes perfectos, y de nuestro amor han brotado los numerosos ramales y afluentes de este río que lleva mi nombre. De norte a sur, de poniente a levante, bañan y alimentan la tierra.

Dicho esto la diosa desapareció, y Siddharta se encontró ante aquel que una vez más había conseguido asombrarlo con los prodigios de su mente.

—Maestro Arada, ya estoy aquí.

Nadie osaba hablar, nadie sabía qué hacer para no entristecer el corazón de Siddharta. Los monjes, con la cabeza rasurada y las túnicas rojas, estaban sentados en corro, con las piernas cruzadas, alrededor del cuerpo de Arada, que parecía aún más esquelético de como lo recordaba el príncipe. En los cuatro rincones del *ashram* ardían unos incensarios. Exhalaban un aroma intenso a hierbas quemadas que llenó la nariz de Siddharta y le nubló la vista.

—¿Es verdad lo que estoy viendo?

—Es la realidad —contestaron los monjes vestidos de rojo—. Tu maestro ha muerto, nos ha dejado antes de tu llegada. Él lo ha querido así, él mismo ha llamado a la muerte.

—No lo entiendo, Arada ha estado toda la vida esperando para verme, y ahora…

Uno de los monjes, que había dejado de sostener la descarnada nuca del maestro dejándola reposar por fin en la tierra desnuda, tomó la palabra.

—Sus ojos se han cerrado y no puede hablar. Pero Arada te ve y te oye, incluso ahora que nos ha dejado. Nosotros, que somos sus discípulos, sabíamos desde hacía tiempo que el día de tu llegada sería distinto de los demás. Eres nuestro hermano, Siddharta.

Había sido una muerte sobria y purísima. Arada se había apagado en un gran resplandor, como aquel que ha cumplido todo el ciclo de los renacimientos y es acogido entre los bienaventurados. Eso le dijeron a Siddharta que, por deseo del propio Arada, había llegado demasiado tarde para asistir a ese trance.

Los monjes levantaron el cadáver y lo llevaron en volandas sobre sus cabezas, como sobre una pira ardiente de túnicas rojas. Un manto, sujeto a un hombro, cubría el cuerpo de Arada. Siddharta seguía la lenta procesión que se encaminaba a la orilla del río, en cuyas aguas hundieron el cuerpo de Arada. También el Ganges parecía dispuesto a participar y dar solemnidad a este adiós: durante un buen rato las salpicaduras cesaron y el agua fluyó suavemente por debajo de las rocas. La enjuta figura del asceta desapareció en su seno como si ya fuera un espíritu puro.

—Él mismo ha elegido este día para morir, Siddharta. Ahora ya se ha librado de la rueda de las vidas.

Dicho esto, el monje entonó un cántico que le salía del corazón, sus labios casi no se movían. Otras voces se unieron a la suya, y todos los discípulos se despidieron así de Arada, su maestro.

El corazón de Siddharta estaba encogido de dolor, pero descubrió un significado profundo en ese adiós: el deseo de Arada de ver entrar a Siddharta en su *ashram* le había durado toda la vida, más de noventa larguísimos años, y el maestro había decidido morir un momento antes de ver su sueño hecho realidad. ¿Qué mejor enseñanza de renunciación podía recibir Siddharta? El príncipe comprendió la grandeza de este acto y se conmovió. Tan noble había sido la vida de su maestro, que ni siquiera al borde de la muerte había querido complacerse a sí mismo.

Terminada la ceremonia, Siddharta habló a los monjes:

—Ahora que vuestro maestro ha dejado de contemplar el río, pues se ha convertido en el propio río, ya no tengo razones para ocultar mi propósito. La lucha entre el bien y el mal existe ante todo en nuestro interior, su fragor perturba la conciencia, donde esta pelea enconada causa un sufrimiento continuo. Antes de adorar a un dios, por poderoso que sea, y antes de poder decir que amamos con el corazón y con la mente, en el corazón y la mente de cada cual debe reinar el sosiego. Hoy Arada ha querido regalarme una paz suprema, y a partir de ahora la llevaré siempre conmigo. ¡Mirad si es como os digo!

En el jergón de agujas y hojas, donde habían descansado los restos mortales del asceta durante el velatorio, había reaparecido el vestido que todos habían visto desaparecer, arrastrado por el agua del río.

—¡No es posible! ¿Cómo ha vuelto hasta aquí? —exclamó alguien.

El asombro fue enorme: un hilo invisible unía el alma del maestro con la de su discípulo predilecto, Siddharta. Se puso el vestido del asceta y recogió, junto a él, una escudilla de madera perfectamente tallada y un bastón que encajaba en su palma como si las hubieran tallado juntas.

En el *ashram* que se alzaba entre las colinas, junto al río, cada cual volvió a sus ocupaciones diarias y a las prácticas que les había enseñado el difunto maestro. Los monjes eligieron a un nuevo guía, que seguiría los pasos de Arada, transmitiendo sus enseñanzas y aportando su propia experiencia. Así se sucedían desde hacía cientos de años las generaciones de ascetas renunciantes, en las pequeñas comunidades donde la vida era una continua búsqueda del sosiego mencionado por Siddharta.

—Dime, te escucho —le dijo el príncipe al anciano monje antes de reanudar su camino.

—Veo el cadáver de Arada, lo veo arrastrado junto a las márgenes y luego mecido en los remolinos de otra orilla. Veo colinas floridas y a un asceta que vive en ellas. Se llama Alara Kalama, y tiene una doctrina para enseñarte. Su saber te apresará; y así serás libre.

¡Perros malditos!

—¿Así que estos seres horribles y mutilados son sus hijos? ¿Este templo abandonado su casa? Pues ¿sabes lo que te digo? Que Dronodana me da asco, su alma está tan podrida como la sangre que corre por sus venas. Si no tomamos una decisión enseguida, nosotros también nos quemaremos en el infierno, como él. Tenemos que largarnos de aquí, tenemos que huir de este lugar maldito.

—Estoy de acuerdo contigo, Kaili. Dronodana se ha pasado de la raya. Siempre le hemos servido fielmente, pero ya no podemos soportar esta angustia.

De noche cerrada, en vez de aprovechar las pocas horas de descanso, las esclavas y las putas, los remeros y los soldados que habían remontado el río en esa loca travesía no podían pegar ojo, y cuchicheaban comentando el miedo y el horror que les causaba la empresa en la que habían tenido la desgracia de participar.

Pocas horas después de que desembarcaran, el Templo de los Pequeños Sacerdotes, que se alzaba como una montaña en lo más profundo de la selva, se había convertido en una fábrica del mal, donde todo lo que proyectaba la mente retorcida de Dronodana ponía la piel de gallina.

—Mira y dime una cosa: ¿cómo puede un dios desear que se cometan semejantes atrocidades con sus fieles servidores? —susurraba alguien un poco apartado, en la oscuridad, entre los banianos.

Esta vez eran dos hombres los que se confesaban su congoja. Esperaban con ansiedad el nuevo día, cuando el soberano les impartiría, a ellos y a los demás, nuevas órdenes. La nueva luz del alba, tétrica, alumbraría los troncos arrancados de raíz y derribados, las desnudas cicatrices en la tierra y la desolación de esa parte devastada de la selva.

Mientras tanto los pequeños sacerdotes, los hijos de Dronodana, yacían allí mismo, esparcidos por el suelo como estiércol fertilizante, éste sin mano, aquel sin oreja; había uno que causaba espanto, reducido a un débil tronco sin brazos ni piernas.

«¡Matanza! ¡Exterminio!», había gritado Dronodana. La obediencia había sido ciega.

«Seguro que Dronodana está tramando algo aún más diabólico», se murmuraba.

La indignación se propagó como una ola. Al final de la noche la palabra deserción estaba en boca de todos, el motín era inminente. Sólo faltaba escoger el momento oportuno para actuar, para salvarse antes de que fuera demasiado tarde.

Pero con las primeras luces del alba, en el campamento que había mandado levantar Dronodana mientras terminaban las obras de reconstrucción del inmenso monumento al dios Mara, los ánimos de los revoltosos parecían aplacados, como si hubieran olvidado las murmuraciones de la noche.

Fustigada por el látigo de uno de los fieles soldados del viejo rajá, decidido a hacerse respetar, la esclava Kaili parecía resignada mientras se agachaba en el foso junto al río, sacando penosamente azadonadas de tierra fangosa llena de lombrices. Junto a Kaili se extendían y doblaban otros brazos, hinchados por el esfuerzo de cavar. Repetirían ese movimiento monótono y agotador durante todo el día, y quién sabe durante cuántos más.

Nadie sabía lo ancho y profundo que debía ser el foso, pero a juzgar por los gritos enfurecidos de Dronodana y el ritmo impuesto sin descanso, podía suponerse que era la obra más grande e imponente que el soberano había erigido nunca.

Desbroce, plano de la ciudadela, emplazamiento del altar, pabellón para las jaulas de las fieras y otros proyectos semejantes aludían claramente a la fundación de la capital de un nuevo reino. Increíble: ¡Dronodana planeaba el final del Reino de las Serpientes!

—¡Cavad, animales! ¡Ganaos un puesto en el reino del dios más poderoso de todos! —vociferaba sin parar Dronodana, eufórico, llevado a hombros por uno de los esclavos más fornidos, que procuraba apartar la cabeza del muñón que colgaba a un palmo de su cara.

Dronodana nunca había estado tan seguro de sí mismo: la reconquista parecía segura y accesible como la leche que el niño de pecho se dispone a mamar del pezón de su madre. Esta extraña comparación le hizo gracia, conocía bien su origen. Le pareció muy excitante que en un momento tan solemne se acordase de pronto de Narayani, símbolo por excelencia del engaño del pecho materno. «¡En su torre de Naga, donde simula amamantar, a estas horas esa puta ya habrá matado a otra víctima!»

Mientras se dejaba llevar por los recuerdos del pasado y espoleaba al energúmeno que le servía de vehículo para que correteara de un lado a otro de las obras —por fin también él, como todo dios que se precie, tenía un *vahana*, el vehículo que sostiene el enorme poder del dios—, al rajá se le ocurrió una idea nueva, y ardió en deseos de comunicársela a sus secuaces. Se hizo llevar hasta el túmulo de los pequeños sacerdotes mutilados, y desde allí su voz potente atronó a la desdichada tropa:

—¡Hombres! ¡Esclavas! ¡Dejad los picos y los azadones y prestadme atención! He decidido que vosotros también debéis saborear la sangre de los niños salvajes. Poneos en fila india ante mí y extended la mano, en la que verteré el suero de la inmortalidad. Mirad cómo esta sangre, al caer gota a gota en la tierra, ya ha dado alimento a las raíces y a los gusanos que pululan en ella. ¡La tierra que absorbe la vida de mis prodigiosos hijos, nacidos por deseo del dios Mara, ya ha cambiado de color!

Dronodana no podía imaginar que esta última locura, dictada por su ambición tiránica y malvada, sería la señal de la revuelta.

La esclava Kaili, que desde primera hora de la mañana no había dejado de estudiar la situación, lanzando ojeadas furtivas hacia la orilla donde estaba amarrado el enorme barco, esperando que llegara la ocasión, tiró la azada y gritó:

—¡Adelante, todos a la vez! ¡Salgamos de las zanjas! ¡Rompamos las cercas! ¡Por aquí, seguidme!

En tropel, como una manada de elefantes enfurecidos, todos corrieron gritando hacia la orilla del río. Subieron al barco, soltaron las amarras y dieron definitivamente la espalda a Dronodana y a su reino maldito.

El éxito de la fuga les devolvió el buen humor y el valor, que parecían perdidos para siempre, y la turba de soldados, esclavos y prostitutas, con gran jolgorio, impulsó con energía la desvencijada embarcación por las fangosas aguas del río, que ya no podían ser un obstáculo para la libertad tan duramente conseguida.

Dronodana, con los ojos desencajados por la ira, siguió con la mirada el barco hasta que desapareció en un recodo del río. Varudi, su jefe hechicero, se había unido a los demás. Todos habían huido, hasta los siervos más fieles, hasta el esclavo for-

91

nido que le había servido de vehículo en el lugar donde debía surgir el nuevo reino de Mara. ¡Perros malditos!

Estaba completamente solo. Yacía tumbado en el suelo, ni siquiera podía tenerse en pie. Delante de él estaba la fosa llena de miembros mutilados de los niños. Todos sus hijos estaban muertos, se los había tragado esa tierra que ya no era más que una explanada llena de desechos, un lugar despreciable.

Dronodana levantó la vista, miró a la montaña del templo que se levantaba en el corazón de la selva: había perdido la sensación de onmipotencia, el juramento que le había hecho a Mara de fundar un nuevo reino era imposible de cumplir. ¿Imposible? ¿Él y esa montaña valían menos que un puñado de moscas?

—¡Nooooo! ¡Nooooo!

El aullido del viejo rajá desgarró el cielo blanco, tan accesible que resultaba insoportable. Esa desolada inmensidad sin nubes se cernía sobre él, y en la tierra no había ni un esqueleto de árbol para dar sombra al rostro lívido de Dronodana, el hombre que odiaba ver el sol.

La esfera de plomo

¿Qué significan esos gritos desgarradores? ¿Por qué chilla así Narayani? ¿Qué le habéis hecho a mi mujer? —preguntó Devadatta, irrumpiendo en la habitación oscura de lo alto de la torre donde llevaba meses sin entrar.

Y allí la vio: ¡Narayani! Después de tanto tiempo, por fin tenía valor para cruzar ese umbral. Devadatta iba a pedirle una tregua, que olvidaran por algún tiempo el dolor que les separaba. Pensaba decirle que, en el fondo, el malhumor y la desolación que habían hecho recaer sobre el reino dependían de ellos y de nadie más. O quizá no. Quizá había ido, sencillamente, a decirle que dejara de estar trastornada, que dejara de creer en la muerte de Svasti. Le revelaría que había enviado a uno de sus hombres de más confianza, el sicario Nakula, en busca del niño. Al fin y al cabo podía haber sobrevivido. Pero sin admitir que le había dejado extraviarse en la canoa. No, Narayani nunca le perdonaría eso, aunque lo hubiera hecho para conquistar su corazón.

Con todos sus errores y culpas Devadatta había formado una gruesa coraza que le mantenía apartado de todos, indiferente a las estaciones de soberanía ficticia que veía pasar, aburridas y sin sentido. Pero aún acariciaba el absurdo e irrealizable sueño de ser amado por Narayani, y con su ayuda rehacer la vida de Nagadvipa, ser un rey temido y respetado por sus súbditos. ¿Por qué seguía deseándola? ¿Por qué, por qué? se repetía en sus pesadillas cuando, al despertar junto a otras mujeres, amantes y esclavas adiestradas para brindarle todos los placeres, la buscaba y no la encontraba.

Narayani estaba allí. Recostada en los cojines, rodeada de sus criadas, mujeres desgarbadas y desaliñadas a las que el destino no había favorecido con ningún encanto. No era difícil imaginar con qué placer perverso pasarían sus manos por el cuerpo de la reina, por esas formas que envidiarían toda su vida. Las mujeres no prestaron atención a la entrada del rajá Devadatta, siguieron afanándose alrededor de la cama de Narayani, con los brazos extendidos para ayudarla, inclinadas sobre ella.

—¡Dejadla! ¡Apartaos de la reina, os digo! —dijo Devadatta, enojado.

Una enana, Hidi, que había presenciado la escena desde el principio, corrió a su encuentro.

—Devadatta, tu mujer tiene dolores de parto. Dice que va a parir un monstruo, un hijo de los diablos. Un ser deforme, sin miembros.

—¿Qué insinúas, horrible enana?

—Ven, te llevaré a su lado. Así lo verás con tus propios ojos.

Devadatta se soltó con asco de la mano de la enana que tiraba de él. Las criadas se apartaron y le permitieron ver de cerca el maleficio que había sufrido la reina. Las sábanas estaban impregnadas de una sustancia viscosa y transparente, las piernas de Narayani, lívidas, abiertas en una posición indecorosa, temblaban. Su cara estaba casi irreconocible por los espasmos de un dolor lacerante. Daba puñetazos a los cojines y los hipidos casi la ahogaban. Devadatta no vio nada que pareciese una herida, no vio manchas de sangre, sólo ese líquido blanquecino que brotaba en gran cantidad de su vientre y se encharcaba entre los muslos separados.

De pronto la cabeza de Narayani cayó hacia atrás, rígida. Una sacudida le recorrió la espalda y le hizo arquear las caderas. Sus piernas se separaron aún más. Parecía un parto normal, las criadas esperaban que de un momento a otro asomara la cabeza del niño.

Pero Narayani lanzó un grito aterrador y expulsó lo que había aplastado sus entrañas. Las mujeres apartaron la mirada, horrorizadas. Devadatta palideció. La gran bola rodó por el suelo y se detuvo. Era una repugnante masa negra, una siniestra bola de plomo con la superficie lisa y uniforme, sin una arista o una pequeña grieta en la que pudiera detenerse la vista. Resbalaba con sólo mirarla, era algo incomprensible. Era el rostro de la muerte.

Los presentes, helados y aterrados por ese misterio oculto, no sabían a qué dios pedir ayuda.

Narayani levantó la cabeza. Abrió los ojos que había mantenido cerrados todo el tiempo y habló.

—¡Devadatta, ahí tienes a tu hijo! Al que ha nacido de la mentira.

—Narayani…

Pero las palabras no le salían, estaba anonadado. Devadatta se dispuso a salir de la habitación, el aire se había vuelto irrespirable. No quería saber nada, le bastaba con aceptar una derrota más. Esta vez la provocación de Narayani había sido más cruel que nunca pero, como siempre, él prefería no decir nada y seguir amándola como a una mujer enferma. Le dio la espalda para dejarla sola, en esa habitación que por lo menos sería suya para siempre, de eso estaba seguro.

Era como si dijera: «Narayani, bendita sea la enfermedad de tu mente que te mantiene en mi poder».

—No he dicho que te vayas —le detuvo la voz de Narayani.

La mujer sonrió. Se dirigió a las criadas.

—No me miréis con esa cara. Estoy perfectamente, los dolores han desaparecido. Hidi, ¿no te parece que tengo buen aspecto?

—Así es, reina Narayani. Nunca te había visto tan guapa.

—Está bien. Como veis, ya no necesito que nadie me cuide. Podéis marcharos, dejadme a solas con mi marido.

Las criadas se retiraron.

—Mírame, Devadatta. ¡He dicho que me mires! Las pocas veces que vienes aquí no pierdes detalle de la habitación... ¿Qué crees, que no he visto cómo buscas ansiosamente las señales de la que llamas mi locura? Pero si buscas la locura, ¿por qué no miras dentro de mis ojos? Allí es donde deberías hallarla, ¿no te parece? ¿O es que te conviene creer que estoy loca? De modo que atiende a lo que te digo: mírame a los ojos, y mira esa bola monstruosa. ¿Eres capaz, marido, amigo, enemigo, o lo que prefieras... eres capaz de resolver el enigma que tienes delante?

Devadatta nunca le había oído hablar así. Esas palabras tan lúcidas dirigidas a él le hicieron sentir una punzada de dolor. De pronto supo la verdad: Narayani estaba a mucha distancia de él, con su fascinación controlaba un mundo que él desconocía y en el que sólo ella podría introducirle.

—Dímelo tú, Narayani —musitó el hombre, turbado.

—¡Ha llegado la hora de la verdad, Devadatta! Es hora de acabar con las mentiras. Tú sólo ves una bola lisa, un ojo gigantesco sin conciencia, y te parece imposible que haya estado creciendo, creciendo, creciendo dentro de mí. Eso es lo que tú ves. Pero yo sólo veo algo de lo que por fin me he librado. He expulsado de mi cuerpo el dolor, la pereza, mi obsesión. Un espíritu misericordioso me lo había anunciado. Ahora he renacido, ¿entiendes? He renacido. Y sé que Svasti está vivo. No me mientas, Devadatta, ¡no me mientas más! Porque tú también sabes que mi hijo está vivo.

Maleficio contra Svasti

A Svasti le divertía mucho la vida con los faquires. No pasaba un día sin que se disputasen torneos peligrosos y emocionantes en los que, por turno, cada miembro de la comunidad podía alardear de un nuevo logro en la resistencia al dolor físico y la superación del miedo y la muerte. ¡Uno de esos santones había pasado una noche entera acostado sobre brasas! ¡Y otro se las había tragado!

Los faquires habían adoptado a Svasti como un discípulo nuevo. Era el más joven y aún no participaba en las competiciones. Pero con esas cicatrices en los brazos, se decían, ya tenía que haber experimentado algo muy doloroso y terrible.

Svasti se alegraba de haber aceptado la acogida de esos expertos maestros. Cuando le preguntaban por Siddharta, contestaba:

—Es un mal maestro, no vale. Si me hubiera quedado con él, tarde o temprano habría estado en apuros. No fue capaz de cazar una ardilla. Y le dan miedo las arañas. ¡El que no se atreve a comer arañas, vale menos que una vieja piel de serpiente!

Svasti cogió una piedra y la lanzó con irritación contra un tronco cercano.

—¡Y te he dicho que no me vuelvas a hablar de Siddharta! Si vuelves a pronunciar ese nombre te cortaré la lengua.

Hablaba con un joven discípulo que acababa de pasar la ceremonia de iniciación y no perdía la ocasión de demostrar que conocía todo lo que ocurría en la comunidad.

—Quieres borrar ese encuentro a toda costa. Pero no podrás destruir dentro de ti la imagen de Siddharta hasta que no lo hayas matado de verdad.

Svasti se abalanzó sobre el joven faquir y la emprendió a mordiscos. Lucharon cuerpo a cuerpo, dejándose marcas y llenándose de barro. El otro salió vencedor e inmovilizó a Svasti en el suelo.

Éste no se movió, permaneció tieso como un palo.

—¿Quieres matarme y comerme? ¡Hazlo!

—Yo no soy un salvaje, como tú. Quiero saber por qué llevas siempre estas cosas contigo.

El muchacho le puso delante la escudilla herrumbrosa y el bastón de peregrino que Siddharta había dejado al marcharse.

—¡Porque son bonitas! ¡Ésta —contestó Svasti alargando la mano hacia la escudilla de cobre— me hace poderoso como un dios guerrero! ¡Y éste, que es mi preferido, algún día se convertirá en una cobra grandísima, enorme! ¡Me rodearé con sus anillos y me protegerán de los que son como tú!

—Eres un niño loco, algún día morirás abrasado en el fuego de Agni, el dios que incendia las selvas.

—No. Soy un mago y conozco unas pociones muy poderosas. Soy el príncipe del río, el *yaksha* me coronó ante la asamblea de los peces. Sé hablar con las culebras y con los animales del agua.

Pronto quedó olvidada la pelea. El muchacho ayudó a Svasti a levantarse y se marchó, pensando que era un niño demasiado inmaduro para hablar de cosas serias.

Pero la costumbre de Svasti de llevar siempre consigo la escudilla y el bastón llamó la atención de los demás faquires. Algunos atribuían este apego al afecto que se conserva por el maestro, aunque éste te haya defraudado y abandonado.

Sólo algunos creían que entre el niño y los dos objetos existía el vínculo de una fuerza invisible. A primera vista podían parecer insignificantes, gastados e inútiles. Pero el faquir Diente de Cocodrilo aseguró que una vez se había visto obligado a suspender el ejercicio de meditación que intentaba enseñar a Svasti, al ver con sus propios ojos cómo el cobre se ponía incandescente y al final ardía como una hoguera en las manos del chico, unidas sobre la escudilla.

—¡Duró unos minutos, luego el metal dejó de arder y no había ninguna quemadura en la piel! ¡Y no eran brasas, eran llamas!

Diente de Cocodrilo trataba de convencer a los demás de que esos dones estaban hechos con las pacientes manos y el arte del dios Mara.

—Mara ha robado hilos del velo de Maya y ha hecho estos dones con el líquido de su esperma, origen de todos los males. Svasti lleva en su interior la misma naturaleza. ¡La sustancia que da vida a ese bastón se encuentra en el cuerpo de Svasti, creedme, hermanos!

Pero ¿quién podía creer semejantes desatinos?

Un buen día Svasti se sintió preparado para lo que tenía planeado desde hacía tiempo. Creía que había llegado el momento de corresponder a la hospitalidad con algo muy especial, y decidió invitar a los faquires a un banquete. Nada mejor que la escudilla para hacer los honores. Svasti fue a anunciar su idea, convocando a los faquires de ambas orillas del río.

Luego volvió corriendo a la cueva. El primero en llegar fue precisamente Diente de Cocodrilo quien, no por casualidad, había aceptado enseguida la invitación.

—Buenos días, Svasti. ¡Qué contento se te ve! Pero no parece que haya mucha comida en tu banquete.

—Hoy estáis invitados todos a comer en mi escudilla.

—¿Qué quieres decir?

—Lo que oyes. En vez de usar vuestras escudillas de madera para comer el arroz, os dejaré la mía de cobre. Será una comida especial, ¡ya veréis qué distinto es el sabor del arroz servido en mi escudilla! Quiero que lo probéis. Ésa es mi sorpresa.

—¿Qué diferencia puede haber entre comer el arroz en una u otra escudilla? El arroz sigue siendo el mismo. Lo que comemos es el arroz, no el cacharro —replicó el faquir Diente de Cocodrilo con fingido desinterés—. De todos modos, si te empeñas, por probar no se pierde nada.

—Sí. ¡Ya están llegando los demás, ha venido hasta el jefe gurú! —dijo Svasti entusiasmado.

Una olla de arroz hervía en el centro de la explanada, ante la entrada de la cueva, como en todas las reuniones de la comunidad a la hora de comer. El gurú que había renunciado al uso de la palabra cortándose la lengua estaba sentado, con las piernas cruzadas, al lado de Svasti. Por las miradas complacidas que dirigía a cada uno de sus adeptos se adivinaba que la propuesta del muchacho no le disgustaba, y animaba a los demás a que aceptaran la invitación de buena gana. Todos callaban. Svasti saludó a sus amigos con una inclinación de cabeza y levantó la escudilla.

—¿Por quién empiezo?

Según las reglas tenía preferencia el más viejo, que era el gurú. Svasti estaba impaciente por compartir el extraño ritual con el faquir que pareciera más dispuesto a mostrar entusiasmo, y su instinto no le engañaba: en efecto, la actitud frente a la escudilla era un poco recelosa. Después de cruzar una rápida mirada con el gurú del collar de plumas, el faquir de la ceremonia dijo, muy ufano por haber encontrado la solución más justa:

—Todos querríamos ser los primeros. Para no disgustarnos a todos te ves obligado a no contentar a nadie. La mejor manera de agasajarnos es que seas tú el primero en probar el arroz de la escudilla. Enséñanos cómo se hace.

—¡Bien dicho! —exclamó Svasti, que ya había llenado la escudilla de arroz.

100

Comió con las manos, con la expresión arrobada de alguien que saborea con intensa satisfacción el fruto de un duro trabajo, captando en cada grano de arroz las preciadas energías de la tierra, la fuerza de los bienes que nos brinda la naturaleza. No parecía haber nada extraño en ello, la concentración durante la comida era una de las prácticas fundamentales de la comunidad. Al ver al niño tan absorto, los faquires se tranquilizaron y aceptaron la escudilla como un sencillo gesto de amistad y hermandad.

—¡Muy rico, es verdad!

—Gracias, Svasti, guardaremos un excelente recuerdo de esta comida.

Así se felicitaban algunos faquires. Otros parecían un poco decepcionados, y otros se disponían a volver a sus ocupaciones.

—¡Eh! Tú no te has acabado el arroz —observó de pronto Svasti, al recoger la escudilla de manos de uno cuyo rostro se contraía en una extraña mueca.

—No puedo comer más, no me siento bien…

El hombre no terminó de hablar: se desplomó con el cuerpo sacudido por violentas convulsiones, aullando como si hubiera tragado clavos que le desgarraran las entrañas. Hizo esfuerzos inútiles por vomitar, pero los clavos oxidados ya habían invadido sus intestinos, era inútil. Svasti retrocedió unos pasos.

—La cobra te ha castigado porque no has creído en ella. —Agitaba el bastón y estaba asustado.

—¡Nos has envenenado, maldito Svasti, ojalá te abrases en el infierno!

Porque no era un solo faquir, sino todos, los que mostraban los mismos síntomas. Los ataques de convulsiones se propagaron como un contagio.

—¡Socorro! ¡Auxilio, me muero!

Gritaban los faquires desesperados, presas de un pánico repentino e incontenible. Se desplomaban unos encima de otros, entre lamentos reprimidos se abandonaban a la muerte, que esta vez les había cogido por sorpresa y se había apoderado de sus entrañas. Las alucinaciones y los espasmos no impidieron que algunos, con las pocas energías que les quedaban, se dieran inmediatamente a la fuga.

—¡Rápido, vámonos de aquí! ¡Dejadlo todo, salgamos de esta cueva y huyamos de este niño venido del infierno!

Todos los vivos huyeron, y Svasti se quedó solo mirando la escudilla, atónito. No entendía por qué razón su objeto preferido se había comportado de ese modo tan inconveniente con sus nuevos amigos.

—Esta vez me has gastado una broma de mal gusto, escudilla —dijo.

Se acercó al arrollo y se agachó para enjuagarla. El agua se quedó en la superficie de metal y lo hizo brillar. Eran unos reflejos extraños. Un rayo de sol se filtraba a través de los bambúes. Svasti acercó la escudilla a la luz. En las gotitas de agua que resbalaban por el fondo del cacharro fue apareciendo poco a poco la imagen del Templo de los Pequeños Sacerdotes. La montaña de oro se alzaba en medio de un desierto cegador de color sangre.

—¡Mis hermanos! ¡Gran Padre, te has portado mal con mis hermanos!

El agua de la escudilla aún brillaba, y Svasti vio claramente la fosa abierta donde se amontonaban los miembros de sus hermanos.

—¡Tengo que volver, tengo que volver con vosotros!

En busca de Alara Kalama

Una escudilla, un bastón y el vestido de asceta eran los únicos compañeros del príncipe Siddharta. Ésa era la herencia del monje Arada y de las generaciones de sabios que le habían precedido. Los nudos de la madera y la trama de esa sencilla túnica que rodeaba la cintura y caía con ligereza sobre un hombro, encerraban la sabiduría de una larga estirpe de monjes videntes. Siddharta había obtenido la investidura más digna de todas las que hubiera podido desear.

En el territorio interminable que atravesaba, de vez en cuando se cruzaba con otros caminantes, casi siempre aventureros o simples leñadores cargados con haces de leña, de regreso a sus aldeas. Siddharta preguntaba a cada uno de ellos por el maestro Alara Kalama o por alguien que le indicara dónde podía encontrarlo.

Habían pasado muchos días desde que el viejo discípulo de Arada le señalara a su nuevo maestro, y Siddharta cada vez estaba más impaciente por conocerlo y aprender su doctrina.

Pero al salir de la selva, conforme avanzaba hacia poniente, esa tierra le parecía cada vez más extensa e inmensa, mientras que los hombres que la recorrían eran de estatura cada vez más baja. Los cerros aislados, las laderas de monte bajo, las praderas de hierba peinada por el viento que se perdían en el horizonte, existían desde tiempos inmemoriales. En comparación con ellos, a pesar de sus experiencias y contando incluso todas sus vidas pasadas, él todavía era un recién nacido que acababa de abrir los ojos al mundo. Esta sensación de impotencia iba en aumento y le hacía olvidar la técnica adecuada de respiración que tanto le había ayudado en el camino. Estaba cansado.

Hasta entonces nadie conocía el nombre de Alara Kalama, y tampoco habían podido indicarle la dirección de una comunidad de ascetas por los contornos.

De pronto Siddharta oyó una voz que le llamaba.

—Eh, tú, mendigo.

Era la primera vez que le llamaban así. Eso le llenó de orgullo, aunque no sabía muy bien cómo comportarse. Para pedir limosna había que recitar unas letanías y hacer unos gestos rituales que nadie le había enseñado aún. Se avergonzó de ello y, más por instinto que por miedo, siguió caminando.

—Eh, te estoy hablando a ti, al de la escudilla y el bastón.

Le vio. Era un campesino joven, y daba la impresión de que conocía cada piedra que pisaba. No llevaba alforjas ni calzaba sandalias, pero tampoco parecía un pobre. Quizá Siddharta había encontrado al hombre adecuado para pedirle la información que andaba buscando.

—Tiéndeme la escudilla, vamos. Puede que por mi aspecto te parezca pobre, pero tengo en los bolsillos algo que seguramente te conviene.

Sacó un puñado de arroz envuelto en una hoja.

—Espero que no te parezca demasiado poco.

—No, qué va. Te confieso que es la primera vez que me dan algo, y no sé si he sabido comportarme como es debido.

—Aborrezco las pomposas letanías de los renunciantes que no pierden la ocasión de endosarte una enseñanza o recitarte un mantra. Me ha parecido que tú no das importancia a esas cosas. Seguramente eres de los que hablan cuando toca hablar y escuchan cuando toca escuchar. Por eso te he ayudado.

—Puesto que es así —dijo Siddharta sonriendo, al ver que la cosa iba bien—, me permitiré pedirte un favor.

—Pide.

—Estoy buscando a un maestro llamado Alara Kalama. Tiene que vivir por aquí.

—No conozco ese nombre. Pero sé algo que a lo mejor te interesa. ¿Ves esa loma allí, en poniente? Pues al lado hay un lago que, a decir verdad —se explayó el campesino—, más que un lago es una charca, tal como se está quedando con esta sequía. A la orilla del lago hay una cabaña de paja y bambú. En ella vive un viejo extraño al que algunos llaman sabio, porque vive solo y es capaz de pasarse días enteros mirando al cielo sin moverse, y conoce a la perfección la voz de todas las aves. No sé nada más de él.

Pero antes de alejarse el campesino recordó algo que podía interesar a Siddharta.

—Ese viejo se pasa días enteros mirando al cielo, como te he dicho. Pero no te asombres cuando te percates de que en realidad no ve nada de lo que tiene encima, porque es completamente ciego.

Siddharta se despidió del campesino, convencido de que era allí, a esa loma de poniente, adonde debía dirigir sus pasos. Era su día de suerte. Se sentía tan animado que en poco tiempo recorrió un gran trecho sin notar apenas el cansancio. Ya había llegado al pie de las colinas cuando se encontró con otro hombre. Era un forastero montado a caballo, bien vestido, con un turbante y una elegante bolsa de piel. A primera vista se diría que era un rico mercader, pero como no llevaba carro ni carga alguna en su montura, Siddharta pensó que se equivocaba. Aunque descubrió, sorprendido, que estaba en lo cierto. El hombre le dirigió la palabra haciendo un gesto alegre con la cabeza.

—Vaya, hay un renunciante en mi camino. Y yo, rico mercader, me detendré a saludarle.

—¡Salud! —contestó Siddharta.

—Lástima que no tenga ni un triste puñado de arroz que ofrecerte. Quién sabe las enseñanzas que podrías darme a cambio. Hoy he vendido todo mi género a cambio de este hermoso caballo.

—No importa, me acaban de dar lo que buscaba.

—¿A quién has instruido con tu sabiduría?

—A nadie. Al contrario, la verdad es que la información me la ha dado a mí un campesino que me ha indicado cómo llegar hasta la morada de Alara Kalama. El maestro es él, no yo.

—¡Alara Kalama! Es un gran sabio, en verdad.

—¿Le conoces?

—Desgraciadamente no. Nunca he tenido tiempo ni ocasión de ir a verle, mis viajes me han mantenido alejado de esta región. Puede que ahora, que pensaba pasar unos días en la aldea, le haga una visita. Al fin y al cabo vive tan cerca…

—En realidad el campesino me ha hablado de esas lomas de allá lejos. A primera vista se diría que hay dos jornadas de camino.

—No es por contradecirte, pero ese campesino te ha dado una información equivocada. Alara Kalama vive en la orilla del lago que está detrás de esta colina de enfrente. Si vas a pie puedes llegar al anochecer. Pero si quieres te llevo en mi montura, y así llegarás antes.

—¿Estás seguro de lo que dices?

—Ya lo creo, le conozco bien aunque sólo sea de oídas. Es un sabio muy viejo. Se ha vuelto ciego y ha aprendido el canto de los pájaros, le basta con alzar los ojos al cielo para distinguir la voz de cada ave. Bien, si quieres te llevo con él ahora mismo.

—Gracias, pero prefiero ir solo. ¿Dices que a pie no tardaré más de un día?

—Seguro que no. Sigue ese sendero que sale del prado de los búfalos. Sólo hay un camino, no tiene pérdida.

Siddharta le estuvo muy agradecido. Así que Alara Kalama estaba más cerca de lo que pensaba. Se despidieron y cada cual siguió su camino: Siddharta se dirigió al prado de los búfalos y el mercader espoleó su caballo en dirección a la aldea.

Pero antes de que aparecieran las primeras casas el mercader se volvió para ver el trecho recorrido por el joven asceta, y divisó enseguida la figura severa que se alejaba adentrándose en la arboleda. Siddharta ya estaba muy cerca de la colina que le había señalado el rico forastero, y a ese paso seguro que llegaría a su destino antes del anochecer.

El hombre a caballo se quedó mirando hasta que la figura fue tan pequeña como las alas de los pájaros que revoloteaban a su alrededor. Entonces siguió cabalgando, pero no en dirección a la aldea.

Una ráfaga fuerte y repentina barrió un montón de hojas que estaban esparcidas por el suelo, y las levantó en un remolino que se alargó hacia el cielo. La tromba de aire se llevó al mercader con su caballo, y su bramido se perdió en la lejanía.

Adiós, amigas

La joven cogió un peinecito de marfil del joyero y lo intentó otra vez. Pero no conseguía dar con un peinado que le gustara. Somaprabha, Claro de Luna, no soportaba las mañanas como ésta en las que parecía que nada le sentaba bien. Las otras muchachas ya estaban cubiertas de joyas y envueltas en velos, listas para recibir al huésped de honor, el rajá Devadatta. El hijo del despiadado Dronodana era un rey inseguro y débil, pero no malvado, y a muchas concubinas les parecía un hombre atractivo, sólo un poco sombrío y triste. Claro de Luna pensó en él con ternura, en su vida desdichada y en el desahogo que se concedía a diario cuando iba a verlas a ella y a las otras favoritas de la Casa del Placer. Quiso compartir su inquietud con sus compañeras.

—Chicas, hoy las cosas no van bien. Es como si también nosotras, que somos el único orgullo de esta ciudad venida a menos, y esta Casa, que es el único refugio en la imparable decadencia del reino… En fin, es como si ya no sirviéramos para nada.

La sala estaba muy decorada. Unos cojines de sedas preciosas colocados con esmero en los numerosos nichos adornaban un ambiente ya de por sí recargado y colorido. Arcadas, columnas, cortinajes y adornos mundanos dividían el amplio salón en varios espacios acogedores, cada uno de los cuales tenía un nombre, según el arte que se practicaba en él: música, danza, cortejo, amor.

Narayani, que había bajado temprano de sus aposentos, espiaba detrás de unos arcos pintados de jazmines. Era el lugar donde la habían educado, entre esas paredes coloridas había pasado su juventud. ¡Cuánto tiempo hacía! Sin embargo… al volver le parecía que allí, en la Casa del Placer, todo estaba igual que antes. Era como si los olores, las fragancias de inciensos afrodisíacos que se quemaban en todos los rincones tendieran un velo mágico capaz de detener el paso de las horas y mantener vivos los recuerdos.

Narayani, recordando los viejos tiempos, salió de detrás de la columna y mostró a las mujeres los preciados jarrones que acababa de colocar en los trípodes.

La miraron atónitas, con grititos de asombro. ¿Qué hacía su reina levantada a esas horas de la mañana? ¡Y tan campante, además! Se oyó un coro de exclamaciones.

—¡Reina! ¡Nuestra soberana!

—¡Por favor, por lo menos vosotras, que sois amigas mías, no me toméis por una estúpida! ¿A quién le gustaría que la llamaran soberana en esta ciudad? ¡Además, para vosotras sigo siendo la misma de siempre, Narayani!

—¡Maestra de las 64 virtudes!

—¡Ya! El arte del amor es una disciplina muy difícil…

Todas rieron y recuperaron el buen humor que poco a poco habían ido perdiendo. Las cortesanas ardían en deseos de saber lo que le había ocurrido, y Narayani se esforzó por responder a sus preguntas. Les habló sobre todo de su soledad y su enfermedad, que sólo pudo ver con el suficiente distanciamiento después de recuperarse del horrible aborto. Pero no quería perderse en detalles.

—Estoy segura de que con vosotras no se necesitan demasiadas explicaciones. Podéis imaginar lo que me ha pasado aunque no os diga nada. ¡Nunca he dejado de pensar en vosotras, en lo que me divertía cuando vivía entre las putas!

—Di la verdad, Narayani: ¿a que todavía estás un poco loca? Las ganas de bromear no faltaban.

—Escuchad, queridas amigas, tengo un plan que os incumbe a vosotras. Tenéis razón cuando decís que este reino ya no tiene nada que ofreceros, y he venido a hablaros de mi futuro y el vuestro.

—Adelante.

—No sé cuáles son las intenciones de mi marido, Devadatta. Ni siquiera sé si el baboso Dronodana se ha podrido con sus esclavos en los subterráneos de la torre. Lo que sé es que desde hace demasiado tiempo por aquí el aire apesta. Supongo que vosotras también lo habréis notado. Tenéis que marcharos. Cargad todos vuestros enseres en carros, formad una caravana y salid lo antes posible de Nagadvipa. No os resultará difícil ejercer vuestro arte por esos mundos. Seréis acogidas en ciudades maravillosas, con lujosos palacios habitados por hombres elegantes y adinerados.

—¿A eso has venido, a proponernos que nos marchemos?

Las preguntas se fundieron en un murmullo confuso de comentarios y tímidas adhesiones a ese plan atrevido y temerario.

—¿A quién pueden interesar ya unas mujeres tan refinadas como vosotras en esta ciudad de muertos? Hacedme caso: ¡marchaos! Ya os he contado mi plan. Eso es todo.

Narayani empezaba a irritarse.

—Confiamos en ti, haremos lo que nos dices. Pero tú, y Devadatta... ¿Qué será de vosotros?

Narayani decidió desvelar a las cortesanas de la Casa del Placer la segunda parte de su plan. Después de escucharla atentamente, todas estuvieron de acuerdo en considerar razonable el giro radical que la reina quería dar a su existencia. Elogiaron su imaginación y sobre todo su valor. Narayani volvía a ser la amiga de siempre, gracias a ella también cambiaría su vida: al día

110

siguiente, sin más dilación, saldrían de la Ciudad de las Serpientes en la caravana a la que ya habían llamado Caravana de las 64 Virtudes.

—Oigo sus pasos, ha llegado mi marido. Adiós, amigas.

La Madre guió a las mujeres hasta la salida trasera del inmenso salón.

La decoración de la Casa del Placer recordaba una época pasada, pero no del todo perdida, gracias al encanto que rodeaba siempre a Narayani. Se ajustó la falda que le llegaba a los tobillos y la sujetó en las caderas, justo por debajo del ombligo. Caderas lisas y armoniosas, se dijo, recuperando la coquetería de otros tiempos. Se soltó el pelo sobre los hombros desnudos y acabó de pintarse los labios con la resina escarlata que le decoraba los pies y las manos, y esperó a que entrase Devadatta. La mesa ya estaba puesta con sus bebidas y dulces preferidos. Ese día sería ella, su esposa, quien se ocuparía de distraerlo.

Unas cortesanas corrieron de puntillas detrás de la Madre y se quedaron un momento en el umbral de la puerta de atrás, en un lugar donde no podían ser vistas. Por nada del mundo querían perderse la llegada de Devadatta.

—¡Esta vez puede quedarse seco de verdad! —susurró bromeando una de ellas.

Narayani se echó a reír.

—¡Te he oído, Claro de Luna! No es lo que crees, no pienso engañarle. Le daré placer, aunque será la última vez.

Las curiosas ahogaron las risitas, y Narayani se dispuso a recibir a su marido.

Cuando entró, Devadatta se quedó tan desconcertado que casi no daba crédito a lo que veía. Estaba convencido de que nunca conseguiría tocar a esa mujer.

—No eres la Narayani de siempre, esto no lo has hecho por mí. ¿Eres de verdad, o una maga? Te advierto que tus encantamientos ya no me hacen efecto.

111

—Ven, Devadatta, verás que no he olvidado el arte de entretener a un hombre —le susurró dulcemente Narayani.

Se acostaron en silencio entre los cojines. Sus cuerpos desnudos, unidos en un largo abrazo, nunca habían sido tan parecidos. Ambos sintieron el mismo miedo irresistible a dejarse llevar por una pasión puramente carnal. Después del amor se dejaron caer lánguidamente sobre los cobertores perfumados.

—Devadatta, no creas... Estoy tan emocionada como tú. Estas horas que he pasado contigo no son fáciles de explicar. Hoy no es un día como los demás, he decidido volver a escribir una parte de mi vida, recuperar lo que he perdido. Ojalá sea posible.

—¿Qué quieres decir?

—Digo que te dejo, que me voy de esta ciudad. El hombre al que amo me está llamando, aparece en mis sueños, en mis fantasías, abraza a mi pequeño Svasti. Es él, lo veo con claridad.

—Nadie puede marcharse de aquí, es invierno y la nieve cubre las alturas. Aún estás desvariando, Narayani. Estás muy cansada y debes descansar, aquí a mi lado.

—Descansaré, Devadatta, descansaré.

Pero Narayani no le dijo a su marido la continuación de la frase: que sólo se sentiría en paz en brazos de Siddharta.

La destrucción de la ciudad

La Madre azuzó los caballos de tiro. Las muchachas habían subido a los carros donde llevaban sus enseres, una cantidad enorme de baúles y cofres con todo lo necesario para ejercer su profesión allá donde se detuvieran. Era imposible calcular cuántas cosas, entre afeites, ropa íntima, y también instrumentos musicales y rollos en los que estaban grabados los versos de los mejores poetas, habían salido de sus habitaciones de la Casa del Placer. Los caminos de la seducción eran infinitos. Mandaravati, que llevaba consigo hasta la jaula de los loros amaestrados, llegó en el último momento.

Sus compañeras consiguieron a duras penas hacerle un sitio en la caravana. Pero ella protestó igual.

—¡Vaya unas amigas! ¡Por poco me dejáis atrás!

—Te habría estado bien empleado —dijo, sin poder contenerse, la que estaba sentada a su lado—. ¿No querías creernos, eh? No creías que pasaría lo que había previsto Narayani. ¡Pues mira, mira bien lo que dejamos atrás! Eres más terca que una mula, Mandaravati. ¡Lástima que no hayas acabado bajo los escombros!

—Dejad de reñir ahora mismo —le regañó la Madre desde su puesto de cabeza—. Lo importante es que estamos todas vi-

113

vas. Ya no es como cuando estábamos en la Casa del Placer, tan espaciosa que te perdías en ella. Ahora lo único que tenemos es esta caravana. Conviene que aprendáis a convivir y permanecer unidas, tendremos que aguantarnos durante mucho tiempo en estas condiciones. El espíritu de equipo nos dará fuerzas. ¡Adelante, chicas, cantemos a voz en grito, puesto que nos hemos salvado! Los dioses están de nuestra parte.

—¡Vivan las mujeres de las 64 virtudes! ¡Vivan las más guapas de todas!

—¡Tan guapas como putas! ¡Viva!

Con gran estrépito, entre chirridos de las ruedas, chanzas y carcajadas, la caravana de mujeres solas se adentró peligrosamente por peligrosos caminos cubiertos de nieve, y se alejó para siempre de las murallas de la Ciudad de las Serpientes.

Ningún centinela, ningún guardia había oído su partida. No por negligencia, sino por pura necesidad: los pocos soldados que sobrevivieron al terremoto estaban apartando montones de escombros, con la improbable esperanza de oír los gritos de socorro de algún superviviente.

El desastre había ocurrido en plena noche. A la mayoría de los habitantes de la torre les había sorprendido mientras dormían. El derrumbamiento se los había tragado en un abrir y cerrar de ojos. Seguramente con ellos no había nada que hacer.

Un soldado con pesada armadura y un vistoso moño en lo alto de la cabeza estaba a punto de abandonar la búsqueda cuando oyó una voz familiar le detuvo:

—¡Alto ahí, Nakula! Cumple con tu deber, por una vez. ¡Rápido, salva a tu amo!

El sicario desmontó y corrió en auxilio de Devadatta. Le quitó de encima un montón de cascotes y le ayudó a ponerse en pie lentamente. Sólo llevaba puesta una camisa, tenía la cara ensangrentada pero sus heridas no eran graves. Nakula le tendió su manto de lobo. Casi sin saber por qué, se dio cuenta de que nunca se había alegrado tanto de ver a su amo. Se inclinó en señal de respeto. Para Devadatta, este gesto fue como si le hubieran dado una estocada.

—¿A qué viene eso ahora? ¿No ves que todo está destruido, que el reino se ha perdido, y yo ya no soy nadie? Preferiría mil veces estar muerto.

—Un milagro… —fue lo único que logró farfullar el fornido Nakula, que acababa de regresar de su misión, la más increíble de todas. Aún no se había repuesto de su aventura en la selva, y otra vez se desataba ante sus ojos la locura de los dioses: la torre de la cobra, el monumento al dios Mara que ningún ejército había conseguido derribar, reducida a polvo y escombros.

Devadatta, al ver el rostro alucinado de Nakula, lo encontró ridículo. Rió nerviosamente, aturdido aún por los sucesos que lo habían cambiado todo en pocas horas.

—¿Acaso te has vuelto creyente? ¿Es que no sabías que Mara nos había abandonado? Y ahora ha traicionado a mi padre Dronodana, sepultándolo vivo en los subterráneos. ¡Era duro de pelar, pero ahora ha recibido el golpe de gracia! Él y su maldita patulea.

Nakula callaba. No le sorprendía nada la catástrofe que había destruido el palacio de las Serpientes. Era una consecuencia lógica de la lucha entre los dioses, y había visto al vencedor con sus propios ojos. Después del episodio del incendio que le había salvado la vida, Nakula tenía buenos motivos para creer que en las altas esferas de los gobiernos celestes, vedados desde siempre a los hombres, la suerte había cambiado.

—¿Y tú, qué haces aquí? —prosiguió Devadatta—. Pensaba que habías muerto, descuartizado por algún tigre enfurecido. ¿Qué noticias me traes?

—Un milagro, te digo… —musitó Nakula—. En la selva a la que me mandaste he visto un milagro.

—¿Quieres decir que lo has encontrado? Lo sabía, Svasti está vivo…

—Sí, le he visto. Era él, sin duda, le reconocí por las cicatrices.

—¿Qué cicatrices?

—Las que me dijiste que tenía, ¿no te acuerdas?

—Ah, sí, las cicatrices…

—Devadatta, no me estás escuchando. Me mandaste al encuentro de la muerte, por ti he desafiado el poder de los magos, y ahora…

—¿Ahora qué? —le interrumpió bruscamente su amo—. ¿No te basta con esto? —indicó el espectáculo desolador que les rodeaba. El cielo, blanco de nieve, se cernía con indiferencia sobre las ruinas—. He aquí el cementerio de mi vida, de mis planes. ¿Pretendes que te haga caso? Has vuelto con las manos vacías, eso es lo único que he creído entender.

—Si me escucharas un momento…

—¡No quiero escuchar nada!

Devadatta tenía motivos para estar confundido. De pronto le vino a la mente el dulce recuerdo de la noche que acababa de pasar entre los brazos de Narayani. «Ésta es nuestra última noche juntos, ¡que sea la más maravillosa!», le había dicho. ¡De modo que ella lo sabía! Había previsto lo que iba a ocurrir.

«¡Ah, Narayani! Por eso te has ido. ¡Esto era lo que intentabas decirme!»

Tampoco esta vez la había entendido. Se había levantado de la cama, bellísima y aún ardiente, y mientras se vestía le había dicho que tenía algo pendiente que hacer, pero no le había dado tiempo a preguntarle nada más. Se había marchado para siempre.

—¡Qué valor tiene esa mujer! —exclamó Devadatta, sin darse cuenta de que no estaba solo.

—Devadatta, eres tú el que está trastornado.

—Narayani es la madre del niño que debías buscar en la selva.

—¿Te refieres a la reina, a tu mujer, la loca?

—Estaba loca de dolor. Sabía demasiadas cosas, conocía la verdad. Se ha curado ella sola y ha yacido conmigo para borrar el pasado. Yo era su mentira.

—Me pides demasiado. No puedo seguirte, Devadatta, ya no sé qué hilo de esta historia absurda estás siguiendo. Lo único que sé es que he visto al hombre más poderoso que hay en la tierra; estaba con Svasti. Tanto si quieres escucharme como si no, esto es todo lo que tenía que decirte —concluyó el sicario, maldiciendo el día en que se vio envuelto en asuntos que le sobrepasaban.

—¿Un hombre poderoso, dices?

—Sí. Capaz de domar el fuego…

Nakula consiguió por fin contar la tremenda experiencia que había tenido. Lo contó todo sin olvidar ningún detalle, describiendo las imágenes del prodigio, fruto de la mente de ese mago con aspecto de asceta.

Devadatta se arropó con la camisa, que le quedaba ancha. Miró por última vez los escombros de la torre, bajo los cuales estaba convencido de que estaba sepultado el gran Dronodana, su padre. El relato del sicario había cerrado el círculo de todas sus dudas sin resolver: ¡ya sabía adónde se dirigía Narayani! Iba al encuentro del único hombre al que había amado de verdad. Pero estaba equivocada, porque Siddharta ya no estaría donde esperaba encontrarle, se había marchado.

A Devadatta no le quedaba más remedio que asistir, impotente, a esta persecución.

—Vamos a Kapilavastu —ordenó a su sicario—. Allí, al reino de los sakya, ha ido mi mujer. O mejor dicho, la futura amante de mi primo Siddharta.

Suspiró profundamente.

—Tenías razón, Nakula. Esta vez no has vuelto con las manos vacías.

SEGUNDA PARTE

Los contendientes

El viejo estaba sentado, inmóvil, y los brazos cruzados sobre el pecho le daban un aspecto aún más austero y monumental. Tenía los ojos redondos muy abiertos, mirando al cielo, y se diría que su cabeza se balanceaba colgando de su mirada fija. Siddharta tuvo la impresión de que en la cabeza del ermitaño sonaba continuamente una música, y se preguntó si ese sonido interior había sido el que, andando el tiempo, le había vuelto ciego. Permaneció en silencio observando su cara y vio que sus facciones se distendían poco a poco en una sonrisa, encaminada a familiarizarse con la nueva presencia.

El sol se acercaba al poniente, sus rayos quemaban la cara de Siddharta, que ardía como si tuviera fiebre. A lo lejos, en la dirección hacia la que estaba vuelto el hombre, le pareció ver un puntito negro que no había advertido antes. Pero los destellos de luz en los ojos le impedían enfocarlo para comprobar si se trataba sólo de una impresión.

—Dentro de poco estaremos más a gusto. El viento está cambiando, no tardarán en llegar nubes —dijo el viejo—. Mientras tanto, ¿por qué no te das media vuelta? Si das la espalda al sol tendrás sombra en la cara.

121

Siddharta siguió el consejo y se sintió aliviado. Pero la intuición del ciego le turbó. Se dijo: «Éste es el maestro Alara Kalama, la superación del mal y el bien le ha convertido en un gran sabio».

—Bien. Ahora noto por tu respiración que no te dejarás distraer. El tibio aliento que sale de tu nariz me indica tu posición, y por lo tanto hacia dónde estás mirando. Admira la paz que reina en este paraje, Siddharta. Te la mereces. Aquí no hay sitio para quien no sabe vivir en las nubes y en la majestuosidad de los cielos.

Siddharta se dio cuenta de que en las palabras del maestro aparecía continuamente el cielo. Estaba inmerso en él, parecía capaz de recorrerlo a lo largo y ancho como un marinero que vive surcando los mares. En un lugar como ése resultaba de lo más natural. La vegetación era tan baja y rala que la tierra no parecía tener consistencia. El resto eran charcos y una cabaña de paja a través de cuyo techo silbaba el viento. Un gran lago sumergía gran parte de la superficie que se divisaba.

En el aire había una sensación de espera perenne. Siddharta debía explicar el verdadero motivo de su llegada. Si Alara Kalama seguía con los brazos cruzados y no se movía, era porque el discípulo aún no había hecho su petición debidamente. Por lo menos Siddharta estaba seguro de eso.

Pero no le resultaba fácil, la postura de Alara Kalama era un muro de indiferencia. Intimidado, Siddharta observaba la imagen de su maestro reflejada en el lago. O dejaba que su mirada se perdiera más allá de sus hombros robustos, por encima del techo de la cabaña, intentando medir la velocidad del viento, convencido de que él la regulaba.

Luego, a lo lejos, Siddharta vio con sorpresa que el puntito negro reaparecía. No, esta vez había más de uno. Se movían trazando grandes círculos alrededor de una extraña columna de humo y avanzaban hacia la colina. No era una ilusión: esos astros o lo que fueran cruzaban el cielo a toda velocidad, se estaban acercando.

Una vez más la distracción de Siddharta disgustó a su maestro.

—Siddharta, demasiados pensamientos vanos distraen tu mente de lo que te ha traído hasta aquí.

Alara Kalama habló sin volverse, dando muestras una vez más de su extraordinaria capacidad para percibir todo lo que ocurría a su alrededor, pero el tono era poco conciliador.

—Estoy seguro de que no me estás mirando. Si mis pájaros que vuelan a lo lejos, sobre otros cerros, y recorren el cielo agrupados en la bandada negra, te distraen de mirar a quien tienes al lado, ¿cómo crees que vas a conseguir la concentración necesaria para aprender la técnica que debería enseñarte?

Siddharta aún no había tenido tiempo de disculparse por su comportamiento cuando miles de picos chillones asomaron por la cima del cerro y bajaron en picado. Después de un momento de terror, comprendió que todos esos pájaros, entre los que creyó distinguir por lo menos un centenar de plumajes distintos, no habían caído del cielo con intención agresiva.

Un poco aturdido por ese torbellino de alas que batían por doquier, Siddharta miró atónito a su maestro. Se había movido, los brazos le caían a los lados y por primera vez le miraba a los ojos. Sus pupilas vacías estaban rodeadas de una fina membrana transparente y acuosa. Esa falta de color bajo las pobladas cejas negras impresionó a Siddharta.

Cuando todos los pájaros, hasta la golondrina más pequeña, se posaron en el suelo, Alara Kalama dio la espalda a Siddharta y, con un brazo detrás y el otro sobre su cabeza, giró el busto y levantó la pierna con agilidad, colocándose en posición de combate. ¿Contra quién iba a luchar? ¿Cuál era la amenaza? Siddharta no entendía nada.

De pronto apareció sobre el agua un torbellino de grajos negrísimos. La que antes parecía una columna de humo era una compleja formación de aves, que se arremolinaban formando una insólita corona sobre la cabeza de un hombre de aspecto belicoso. Las piruetas de las aves le cubrían el rostro.

Siddharta se volvió en busca del maestro. No lo vio. Luego, de pronto, oyó su voz gritando venganza.

El hombre escoltado por los pájaros respondió con un grito aún más feroz. Los grajos se apartaron de él, y se distinguieron con claridad los contornos de la nariz y la boca, de los ojos y de cada arruga.

Siddharta estaba atónito. El hombre que se había abalanzado como una furia contra el maestro Alara Kalama era idéntico a él. Ni un retrato se parecería tanto. El agresor y el que se defendía eran la misma persona. Pero a diferencia del maestro, al que acababa de conocer, su doble tenía expresión de loco.

El segundo arremetió con todo su peso contra el primero, dándole patadas y cabezazos. El otro encajó los golpes sin moverse del sitio, firme como una roca, y luego consiguió darse el impulso necesario y a su vez soltó una andanada de puñetazos. La boca de su adversario se llenó de sangre. Algunos dientes acabaron en el barro, esparcidos junto a sus miembros doloridos.

—¡Maldito gusano! —gritó uno de ellos.

Pero ¿cuál de los dos? Las voces también tenían el mismo timbre, los insultos se perdían en un eco confuso. Era inútil tratar de distinguirlos.

—Siddharta quiere saber quién eres —gritó el que iba ganando, mientras el loco trataba de levantarse—. Ven aquí, para que vea bien lo que eres: un cadáver que sólo vale para los gusanos.

El perdedor había conseguido ponerse de rodillas. Cambiando de táctica, se puso a escarbar la tierra con ímpetu furioso.

—¡Entonces cavaré mi fosa! —gritaba, con los brazos desnudos llenos de barro.

Sus ademanes desaforados espantaron a los pájaros, que volaron hacia el lago. El barro era su nueva arma. Con un furor inaudito lanzaba puñados de barro a su adversario.

—¡Cómetelo! Come tú también las piedras y la tierra, como hago yo. Trágatelos y llénate las tripas, si eres capaz.

—Tu destino de loco está escrito: renacerás entre los seres más abyectos. ¿A quién pretendes impresionar?

El primer Kalama esquivó el último lanzamiento de tierra y se echó a reír. Parecía que las bravatas del otro le habían convencido de que la pelea llegaba a su fin. Ni siquiera hacía falta atacar, esa carrera histérica a la orilla del lago hablaba por sí sola: el hombre se batía en retirada.

El loco dejó de tirar piedras y se arrodilló en el agua. Metía en ella la cabeza una y otra vez, y la sacaba boqueando y salpicando a su alrededor. Parecía como si quisiera ahogarse. Luego Siddharta le vio atacar de nuevo. Y su delirio era peor que antes.

El hombre empezó a mesarse los cabellos, mirándole a los ojos. Siddharta pudo ver lo vacías y apagadas por la ceguera que estaban sus pupilas, y sintió mucho miedo.

—Me los arrancaré todos hasta que veas brotar la sangre, Siddharta. Tengo sangre de verdad, y te arrepentirás de haberla hecho correr.

Dicho esto su garganta emitió un silbido estridente y larguísimo. Abrió los brazos desnudos en el viento y planeó rozando la superficie del lago. El aire zumbaba a su alrededor, sin parar. Unas nubes blancas y enormes taparon el sol; la tierra oscureció.

—¡Pájaros estúpidos, condenadas criaturas! Antes de que os dé vuestro merecido, enseñadle a este hombre quién soy yo.

De pronto alzó el vuelo una bandada de golondrinas de pecho blanco, que junto con los grajos cubrieron las desnudeces del que planeaba en el viento. Le taparon de la cabeza a los pies con sus plumajes, y sus picos movidos por la compasión buscaban el calor de su cuerpo. Sólo entonces Siddharta lo entendió.

Rápidamente se volvió hacia el otro maestro, cuya identidad acababa de ser desvelada. Sostuvo su mirada impasible, que ya no era ciega.

—¡Mara! ¿Cuántas veces tratarás de engañarme en mi camino? De modo que fuiste tú quien, disfrazado de mercader, me indicaste el falso cerro, tan ilusorio como el bastón y la escudilla que se gastaron en mis manos. Ése al que llamas loco es el verdadero maestro Alara Kalama.

Los rasgos del falso Alara Kalama envejecieron de golpe, de su cara cayeron jirones de carne marchita. Los ojos de Siddharta, sedientos de verdad, habían rasgado una vez más el velo de Maya, las falsas creencias que el dios del deseo tejía en el mundo para entretenerse.

La figura que había creado la ilusión dio un salto impresionante que le llevó al otro lado del lago. Cuando se posó en la orilla, el gran Naga recuperó su verdadero aspecto, y su cabeza triangular se hinchó formando un amplio abanico, la misma cabeza de cobra que durante años había dominado la torre de la Ciudad de las Serpientes.

Siddharta reconoció el lugar que poco antes había visitado con la mente, vio a la reina, curada de su locura, alejarse dejando atrás los escombros de lo que había sido su prisión. El príncipe volvió a hablar a la gran cobra, en cuya cabeza alentaba el espíritu de Mara.

—Ahora que tu nido está destruido, gran cobra, ¿dónde volveré a encontrarte, como no sea dentro de mí?

En ese momento los pájaros abandonaron el cuerpo desnudo y cubierto de barro del verdadero Alara Kalama, dejándolo tendido en el suelo, sin sentido. Siddharta se le acercó, cargó con el cuerpo sucio e inerte y reanudó su camino.

Pasaron dos noches y dos días. Siddharta caminaba con su pesada carga a la espalda, tratando de adivinar dónde estaba el verdadero cerro. Al llegar al fondo de un prado vio pasar una bandada de pájaros. Un poco más adelante encontró la cabaña que estaba buscando. El maestro Alara Kalama había vuelto a su casa, y Siddharta esperó a que sanara.

El maestro ciego

Por respeto a su maestro y para no molestarlo con su presencia, Siddharta se construyó a la orilla del lago una choza con ramas y cortezas de árbol, mientras esperaba a que el viejo cuerpo de Alara Kalama se recuperase de los golpes recibidos en la terrible pelea con la serpiente del dios Mara.

Pero pasaban los días y la situación no cambiaba: Alara Kalama seguía roncando aparatosamente, cualquiera diría que estaba durmiendo tras una borrachera. Pero Siddharta no se desanimaba, y le trataba con la mayor solicitud, como si el maestro estuviera impartiendo sus enseñanzas.

El príncipe limpiaba a fondo la cabaña y se ocupaba de las pequeñas tareas domésticas que, a juzgar por el desorden, el maestro no consideraba de su incumbencia. Como un verdadero aprendiz, lavaba la ropa llena de barro y de lamparones, tirada en cualquier rincón, hervía el agua para el arroz en una olla de cobre que había limpiado hasta dejarla reluciente, y preparaba el papel para los inciensos. Pensaba que el orden era indispensable en un lugar de oración y meditación. Alara Kalama estaría orgulloso de él.

El pequeño corral que rodeaba la cabaña, cercado con piedras blancas amontonadas, era lo que estaba más descuidado y necesitaba un mantenimiento más asiduo. Siddharta clavó unas tablas para hacer un cobertizo donde guardar los aperos, azadas y horcas que había encontrado oxidadas y tiradas por el suelo. Consiguió que el corral tuviera un aspecto más confortable y casi bonito. Siddharta estaba satisfecho.

El día llegaba a su fin, unas nubes de color índigo y malva encendido cruzaban el cielo. El príncipe cogió la escoba y barrió por última vez el suelo para quitar las hojas amontonadas por el viento y los excrementos de las aves, que no habían parado de sobrevolar la colina en bandadas. A esa hora del crepúsculo la soledad y la ausencia del maestro se notaban más, y una tristeza sutil embargaba a Siddharta. Los ruidosos ronquidos que salían de la cabaña llegaban a sus oídos como una derrota, la prolongación de esa situación absurda empezaba a alarmarle.

Esa noche, cuando dejó la escoba y se dirigió a su pobre refugio, recordó que había dejado una pila de ollas de cobre a la entrada de la cabaña. Si en ese momento Alara Kalama despertaba y trataba de salir, tropezaría con ellas. Siddharta volvió sobre sus pasos y colocó los cacharros procurando no hacer ruido. Entre las cuatro paredes, hechas con cañas y tablas mal trabadas, reinaba un insólito silencio. Se diría que el maestro había dejado hasta de respirar.

Siddharta, preocupado, se acercó al rincón donde dormía. Le vio inmóvil, tendido boca arriba como de costumbre, con los brazos estirados junto a los costados. La manta raída que le cubría subía y bajaba acompasadamente a la altura del pecho. De modo que respiraba. Probablemente el maestro había entrado en una fase de reposo más serena, pues también sus facciones eran más suaves y relajadas. Siddharta se tranquilizó y siguió colocando cuidadosamente los cacharros. Detrás de uno de ellos, un gran lebrillo de estaño cubierto de telarañas, apareció un objeto que no había visto antes, una cosa que nunca hubiera esperado encontrar en la casa de un asceta.

Era un cofre de marfil ricamente labrado, como ésos que suelen encargar los nobles a los artesanos más renombrados. El sello tenía la inscripción de un rey que, por el lujo del grabado, debía de ser muy rico y poderoso. Decía: «Bimbisara, rey de Magadha», seguido de otros títulos que Siddharta no logró descifrar. Lleno de curiosidad cogió el estuche para poder observarlo con más calma. La presencia de Alara Kalama, aunque sabía que estaba dormido, le causaba una inexplicable desazón.

La cerradura tenía una lengüeta de plata suelta, como si alguien la hubiera forzado. Siddharta levantó la tapa sin dificultad, y no dio crédito a lo que estaba viendo: en el fondo del cofre había una joya de un valor inestimable, un collar de perlas rarísimas de color rosa procedentes de los lejanos mares de Ceilán. Siddharta, que se había criado en el palacio de Kapilavastu rodeado de lujo y opulencia, y conocía bien las joyas, nunca había visto una tan valiosa. Se diría que la transparencia de esas perlas maravillosas quería desvelar los secretos más recónditos de los fondos marinos. Con enorme estupor y turbación se dio cuenta de que el collar le atraía poderosamente. Pero al intentar tocarlo las perlas se soltaron una tras otra como por arte de magia y rodaron por el fondo del cofre, rebotando en los rincones, como si nunca hubieran estado retenidas.

Muy apurado, intentó recogerlas para ensartarlas de nuevo en el fino hilo de seda que le había quedado entre los dedos. Apenas había alargado la mano cuando detrás de él resonó la voz colérica de Alara Kalama.

—¿Qué haces tú aquí? ¿No te habías ido?

Siddharta se volvió apresuradamente, dejando su valioso descubrimiento. Miró al maestro como un ladrón sorprendido con las manos en la masa. Estaba mortificado.

—Maestro, hace varios días que…

—Días tristes y oscuros que has robado a mi sueño.

Los iris opacos de sus ojos ciegos e impenetrables daban miedo. Alara Kalama estaba furioso, su rostro reflejaba una cólera violenta.

—¿Qué te has creído, mozalbete? ¿Que no me he dado cuenta de tus miserables intentos de arreglar mi casa? Desde que has puesto los pies aquí has cometido tal cantidad de errores que ni el más estúpido de mis discípulos lo habría hecho peor.

—Lo siento mucho, no sabía qué tenía que hacer. Sólo estaba esperando tener la ocasión de hablar acerca de la doctrina.

Siddharta retrocedió humillado mientras el hombre, alto y fuerte, sin ninguna señal de los golpes recibidos, avanzaba a tientas hacia donde estaba el cofre. Aunque el príncipe trataba de convencerse de que ese estuche de marfil no podía llamar la atención del maestro ciego, enrojeció de vergüenza. Confesó su torpeza.

—He querido ver las perlas de cerca y he roto el hilo del collar. Te prometo que lo arreglaré y nunca más volveré a meter las narices donde no me importa.

—¿De qué collar estás hablando? ¿Te has vuelto loco? ¿Qué renunciante guardaría un vínculo inútil con la avaricia de los hombres, de los que vive apartado?

Humillado por estas palabras, Siddharta buscó desesperadamente la prueba de lo que acababa de confesar. Pero ni el cofre ni las perlas estaban donde los había dejado. En el suelo de tierra batida, junto al lebrillo de estaño y la pila de viejas marmitas abolladas, no había ni rastro del valioso objeto. Un espejismo más, pensó tristemente, otra broma pesada del malvado dios Mara.

Alara Kalama le habló.

—Recoge lo que has dejado en el suelo y vete de aquí. A partir de mañana quiero que mi casa vuelta a estar como antes. Después de borrar todo rastro de tu paso, sal de este lugar y aléjate lo más posible de esta región. No recibirás mi enseñanza. Además, como no eres digno de ella, cuando te marches me dejarás el bastón y la escudilla que Arada, tu primer maestro, había guardado esperando tu llegada.

Siddharta obedeció y los días siguientes, ante el maestro que le observaba guardando un silencio arrogante, deshizo todo el trabajo que había hecho con esfuerzo. El último día le entregó a Arada el bastón y la escudilla.

—Maestro Alara Kalama, estoy listo para partir dejando lo que no he ganado con el sudor ni con el conocimiento.

Del brazo de Alara Kalama colgaba el cuello roto de un pato salvaje con las plumas manchadas de barro, y Siddharta no sabía si el ave estaba agonizando o había muerto ya.

—Tus manos impuras han hecho que enfermaran los patos, que son las aves más sagradas. No puedes dejarme estos objetos que han llevado tanto tiempo contigo sin purificarlos antes. El bastón y la escudilla seguirían haciendo daño, harían toser incluso a los espíritus guardianes de los rollos de escritura en los que está contenido mi saber. Purifícalos en la fuente del pie de la colina y vuelve antes del anochecer.

El corazón humillado de Siddharta se sobresaltó al oír hablar de la anhelada doctrina, pero el príncipe se dirigió a la fuente que le había indicado el maestro. Cuando volvió sobre sus pasos, antes del anochecer, y llegó a la cabaña, encontró al maestro llorando desconsoladamente mientras enterraba los cadáveres de treinta aves. En cuanto vio a Siddharta se levantó enfurecido y le persiguió cubriéndole de los peores insultos.

—¡Maldito seas! ¡Tú los has matado, has vuelto demasiado tarde! ¡No he podido salvarlos!

Con la cara congestionada, cortando el aire con un hacha negra como la muerte, el maestro corría detrás del príncipe, que huía por el estrecho corral sin tiempo para enjugarse las lágrimas que le resbalaban por la cara. Alara Kalama, furioso, despotricaba y juraba venganza.

—¡Si pudiera apuntar bien te mataría con mis propias manos, seguro de no cometer ningún pecado!

En su huida Siddharta había dejado caer la escudilla y el bastón, y casi tropezó con ellos. Al oír el ruido, Alara Kalama cambió de dirección. Había adivinado hacia dónde corría Siddharta.

—¡Vas a morir como un perro!

El hacha salió disparada de la mano del maestro. Dibujó en el cielo cubierto de nubes una parábola alta y amenazadora, haciendo brillar la hoja, que fue a clavarse a menos de un palmo de la cabeza de Siddharta.

—¿Estás vivo? —preguntó el maestro con desprecio.

A Siddharta el corazón le latía frenéticamente.

—Sí —contestó con un hilo de voz, pero era como si hubiese mentido.

—Serán días de lluvia, en la fuente, el llanto de las aves mojará los huesos huecos y las sienes doloridas de mi hijo. Otro discípulo se ha ido —sentenció Alara Kalama sin dirigirse ya a él, y desapareció en la oscuridad de su cabaña, de la noche recién llegada y de la ceguera.

Siddharta se levantó del barro, humillado, mirando la empinada cuesta del camino. Tenía orden de marcharse para siempre de la colina, renunciando a la posibilidad de recibir la enseñanza. Si Mara ya se había deslizado bajo su piel manchada de tierra, dentro de sus huesos que se habían librado del hacha, todo lo que en adelante tocara Siddharta se convertiría en algo impuro, lo contaminaría como si llevara los gérmenes de una enfermedad. En tal caso era preferible la muerte: eso había querido decirle Alara Kalama.

Partía, pues, príncipe ya sin reino y asceta aún sin doctrina. Sin embargo, esas perlas de Ceilán, ese sello real… ¡No, no! ¡No era posible! El fantasma de una mujer le atormentaba.

La convocación

Era el único hombre que quedaba vivo en un reino espectral. El rajá Dronodana se había quedado sin nadie que le temiera, sin nadie a quien pudiera someter y humillar. Mientras se lamía las heridas recientes que sangraban en su pierna mocha, amputada por encima de la rodilla, observaba la desagradable ronda nocturna de los chacales ahítos y nauseabundos, que se mantenían alejados debido a la abundancia de carroña en la selva.

Una manada acababa de alejarse de allí. A la cabeza trotaba un viejo chacal despeluchado que había gruñido apuntanto con su hocico baboso a la fosa junto a la que estaba tendido Dronodana. Los chacales que seguían al jefe se habían dado la vuelta, hastiados, y habían contestado con aullidos y muecas, dando a entender que no valía la pena roer esos huesos podridos, de cuyo hedor valía más apartarse. Entonces, rumiaba Dronodana, si ni siquiera esos perros de cementerio osaban acercársele, ¿quién iba a pasar por el Templo de los Sacerdotes para ayudarle, por lo menos, a levantarse?

Penosamente, a fuerza de brazos, el rajá consiguió arrastrarse hasta la orilla del río. Hundió la cara sudorosa en el agua, sintiendo un mísero alivio mientras se lavaba las llagas con el agua turbia y viscosa. Entonces en su mente excitada se abrió paso una idea descabellada. De pronto se había acordado de un brujo mentecato al que en sus años de gloria había encerrado en una mazmorra de la Ciudad de las Serpientes. Era un faquir de cara huesuda que llevaba siempre consigo una cesta roída por los ratones donde, junto con unos hierbajos secos sin ninguna propiedad curativa, había unos rollos minúsculos llenos de versos védicos.

—¡Cortadme todos los miembros que queráis, dejadme sin cabeza, monos ignorantes! —les chillaba a los carceleros desde su celda—. ¡Vuestras hachas me tienen sin cuidado, conozco el remedio para todos los males, y conseguiré que me vuelva a crecer cualquier parte del cuerpo mientras me plazca vivir!

Nadie le hacía caso, y los carceleros no tenían la menor intención de responder a sus provocaciones haciendo que probara el filo del hacha.

—No tiene gracia, déjalo —se decían unos a otros—. No nos pagan para que mutilemos a un pobre loco, es una pérdida de tiempo.

Sin embargo, en una ocasión Dronodana hizo que le leyeran algunas estrofas de los textos védicos, y estuvo a punto de creer las abstrusas interpretaciones de ese mentecato.

En su situación desesperada, pensó que su única posibilidad era el milagro del renacimiento de la carne que brota de los vertederos, de los huesos resecos y podridos. Mientras miraba los restos del santuario, las inmundicias dejadas por las azadas, los cadáveres de los niños en el fondo de la fosa que aún exhalaba muerte, Dronodana trataba de recordar: había que recoger un montón de huesos de animales, de dos o de cuatro patas, con alas o sin alas, siempre que estuvieran pudriéndose. Luego había que frotarlos, lavarlos, molerlos con piedras y amasarlos con broza y barro. Varias capas de esos residuos negros y muertos tenían el poder prodigioso de llenar de sangre limpia los miembros y regenerar los capilares destruidos.

Decidido a hacer esa absurda prueba, Dronodana se arrastró entre los matojos, empujándose con los codos, y volvió al recinto de los banianos. Estaba a punto de meterse en el hoyo para coger pedazos de los cuerpos sin vida que cubrían el fondo, cuando apareció una sombra no lejos de allí y se recortó a la luz de la luna entre dos rocas escuadradas. La figura se detuvo, giró sobre sí misma y avanzó de perfil.

—¿Me has llamado, rajá Dronodana? —dijo el brujo.

—¿Tú? —exclamó el rajá, atónito, reconociendo las facciones huesudas del faquir.

—El mismo. Me llamo Mucalinda. Las murallas de la Ciudad de las Serpientes se han derrumbado, allí no queda nadie. Por fin he podido salir de tus fétidas mazmorras. En esta cesta he salvado muchos años de estudio de las artes védicas, transformadas por mí en la magia de la resurrección de la carne.

—¿Has venido a curarme la pierna?

—Estoy a tu servicio —dijo el brujo, con una risita sospechosa.

—Haz que vuelva a ser el de antes, Mucalinda. Y te estaré enormemente agradecido.

—Antes no eras lo bastante poderoso, tendrás que serlo mucho más.

—¡Claro que sí, más poderoso, más poderoso!

—Veamos qué hay en esta fosa donde estabas a punto de meterte. ¡Estupendo! Justo lo que necesitamos, estos huesos me parecen ideales. No perdamos tiempo.

Mucalinda sacó los rollos de la cesta y los abrió en el suelo. Fingiendo que consultaba las escrituras y seguía las fases del procedimiento, fue desenterrando las partes de los cadáveres que le parecían más adecuadas para la ocasión. Dronodana se fiaba de él por completo, y ya se veía subiendo con las dos piernas a lo alto del Santuario después de su reconstrucción.

La operación requería unos plazos largos, y el brujo se tomaba todo el tiempo necesario para limpiar esmeradamente de carne fresca los fémures, las rótulas y las vértebras, lo que quedaba de los pequeños sacerdotes. A la salida del sol ya tenía restos como para llenar una marmita grande. Fue a llenarla de agua y le dio a beber tres grandes sorbos al rajá, luego encendió una hoguera y puso encima el recipiente donde, además de los huesos, había echado ramas secas molidas y arcilla.

—¿De dónde vamos a sacar la sangre sana? —preguntó Dronodana, contento al comprobar que recordaba todos los ingredientes de la fórmula.

—Tengo la necesaria.

Mucalinda sacó un frasco de la cesta y vertió en el recipiente varias gotas de un líquido aceitoso, denso y rojizo que desprendía olor a carne fresca.

—Ahora sólo nos queda esperar.

Durante dos días enteros los ojos de Dronodana no se separaron del amasijo de huesos que hervían en la sopa negra de la olla. Poco a poco los huesos, que al principio estaban rotos y sucios, se volvieron blancos y transparentes como perlas. Los días siguientes Mucalinda clavó un hueso que llegaba hasta el suelo y los cartílagos de un nuevo pie en el muñón de la pierna de Dronodana. Luego frotó el injerto con el líquido que había quedado en el fondo de la olla. Durante diez lunas el rajá se sometió a ese tratamiento interminable, aprendiendo a hacérselo él mismo, y bajo la mirada atenta y concentrada del brujo estuvo dándose masajes horas y horas en su delgado miembro. Casi había perdido la esperanza, cuando al amanecer del undécimo día descubrió que le había salido carne y la pierna volvía a estar como antes. Tuvo que esperar a la noche para notar que los dedos se movían, a la mañana siguiente ya doblaba la pierna y ese mismo día ya pudo tirar la muleta.

—¡Salto como un león! ¡Corro como un tigre!

Pero ¿adónde había ido Mucalinda? Dronodana le estuvo buscando por todas partes, peinó la selva con su energía recuperada. Recorrió varias veces, arriba y abajo, la orilla del río.

Pero ni una sombra entre las matas ni un temblor en las márgenes fangosas señalaron su presencia.

De pronto oyó la carcajada atronadora de Mara, y se hincó de rodillas delante de la montaña sagrada.

—¡Dronodana! Estabas tan compungido por tu desgracia que ni siquiera me reconociste. El gran Naga, Mucalinda, está muy ofendido.

Las sienes eran brasas y la garganta ardía. A cambio del perdón, Dronodana estaba dispuesto a devolver el vigor recién recuperado.

—No tiembles, tú mismo has dicho que tus temores son falsos. Sabías que nos volveríamos a ver.

—Soy tu siervo, Mara. Dime lo que tengo que hacer, cumpliré tus órdenes.

Negros nubarrones se agolparon en el cielo. Con un retumbo lejano estalló una violenta tormenta sin relámpagos ni rayos. El viento soplaba a una velocidad inusitada, se sucedían los tornados que arrancaban los árboles de raíz junto con grandes masas de tierra, y arrastraban a unas oquedades desconocidas del universo, como un aluvión, todo lo que ya no tenía razón de existir. Dronodana, clavado como una horca ante la entrada del viejo templo, esperaba instrucciones.

—Estas matas son miserables, no soporto su presencia. La selva tiene que desaparecer —le decía la voz de Mara al hombre que había elegido como servidor—. Secaré el lecho del río y todos los manantiales de este lugar. Se está produciendo la alteración de los mundos.

La lluvia formaba grumos sólidos como el granizo, del color de la arena que el viento arranca de las rocas y el sol hace reverberar con sus rayos.

—Ahora este lugar es un árido desierto. El clima, que antes era húmedo, ha cambiado. ¡Mira a tu alrededor, Dronodana! Ésta es la tierra donde surgirá tu reino solitario, a su capital la llamarás Uruvela. Y aquí —señaló el dios Mara con un remo-

137

lino de arena— crecerá el árbol de las Cuatro Verdades, en cuyo tronco ya desean arrollarse los anillos de Mucalinda, la cobra descendiente de Ananta que durante varios ciclos cósmicos desafió a Visnú, rey de todos los dioses.

Dicho esto, Mara hizo que resplandeciera el sol y se llevó todas las nubes y los vapores para que las arenas del desierto se depositaran sobre las rocas áridas. Luego hizo salir de los reinos subterráneos y las tinieblas un tropel de muertos, los que habían fallecido a manos de Dronodana o por orden suya, y con ellos fundó el ejército que apoyaría al rajá en su empresa de refundación del Templo de los Sacerdotes.

—Trabajarán para ti los que son eternos enemigos tuyos. Tú no tendrás que cansarte. Pero cuidado con interrumpir su faena, mantente alejado de sus cuerpos espectrales que baten el hierro y engastan los oros y las piedras. Rodéate de un círculo de ramas blancas y calcinadas para que te reconozcan, y permanece inmóvil, mirando.

Los espectros, cuyos rostros empezó a reconocer Dronodana recordando los tormentos con que les había dado muerte, ya se habían puesto manos a la obra. Disciplinados, se afanaban en la construcción del segundo reino de Mara. Y en primer lugar vigilaban el exuberante crecimiento del gran árbol.

La esposa asceta

Empezó a llover a cántaros en las horas más cálidas del día, cuando el sol formaba un ángulo casi perpendicular con un grupo de árboles jóvenes de tronco ligeramente inclinado. La lluvia cayó de pronto, espesa y pesada, haciendo un ruido ensordecedor como de cien cascadas. Corría entre las piedras, anegaba los campos, destruía las majadas y desbordaba la fuente al pie de la colina.

Siddharta comprendió, y su desesperación se hizo insoportable: era Alara Kalama quien había invocado esa catástrofe. Se desplomó de agotamiento, dio con las rodillas en la grava, extendió las manos para frenar la caída en el barro y se las cortó con algo afilado. Siddharta sintió la quemazón de los cortes pero no hizo caso. Permaneció allí, derrotado, sin buscar refugio, como si fuera uno de los árboles que le rodeaban y, asumiendo su naturaleza, se dejaban fustigar por la tormenta. Después de su expulsión de la cabaña, el único alivio de Siddharta era recordar las palabras del maestro y esperar que tarde o temprano se cumpliera su destino, cualquiera que fuese. Pero ¿cuánto podría resistir?

Embriagado por el olor acre de la tierra y la hierba mojada, trató de agarrarse a las ásperas raíces de unas matas espinosas, pero le fallaron las fuerzas. Notó cómo le crujían todas las junturas de su cuerpo húmedo y aterido, y los músculos se debilitaban cada vez más. Apenas lograba mover los dedos y le costaba mantener los ojos abiertos.

¿Por qué no moría aún? La oscuridad le arrastraba en un torbellino sin principio ni fin, mientras las horas se hacían interminables. Sentía que por su mente pasaban multitud de pensamientos, pero no conseguía retener uno solo para que le hiciera compañía. Durante muchos días se fueron alternando momentos de lucidez y de pérdida de la conciencia, mientras duró la lluvia. Siddharta esperaba la muerte, como si fuese la única manera de volver con el maestro Alara Kalama y recibir su enseñanza. Pero la muerte no llegaba, y esa espera interminable le hacía sentirse un trasto inútil. «¿Dónde estarán ahora los pájaros? ¿Se habrán vuelto de plomo sus alas con la lluvia? Mi petición ha sido rechazada», se decía una y otra vez Siddharta «y eso es lo único que importa».

En una barraca de paja y cortezas, no lejos de allí, una mujer alta y fornida vestida con una túnica de asceta quitó las maderas que hacían de postigos y se asomó. Vio que el sol lucía en lo alto del cerro, volvió adentro, apagó las llamas del fogón con tierra mojada y llenó una escudilla de madera con el contenido de una olla que tenía en la lumbre. Luego cortó un trozo de cuerda de una larga red, y se encaminó por el sendero que bajaba a la fuente.

Esa noche la mujer había soñado con cuatro mástiles que subían hasta el cielo y un muchacho que corría a su alrededor, con un vaso de oro y un cetro manchado. El muchacho se agachó a la orilla del río para lavar el cetro, y cuando terminó aparecieron las cuatro banderas de victoria, una en cada mástil.

Al ver al príncipe sin sentido, tendido en la hierba donde el sol secaba su ropa, la mujer se arrodilló a su lado y le susurró que despertara.

—¿Quién eres tú, que me has arrancado del sueño? ¿Por qué

tienes la cabeza rasurada como un hombre que ha pronunciado los votos?

—¿Y tú, joven asceta, por qué no te has dejado morir?

—No puedo morir —contestó Siddharta con aplomo— sin antes regresar a lo alto del cerro y volver a ver a mi maestro.

—Eres el joven de mi sueño. Sé quién eres: el nuevo discípulo de Alara Kalama. He venido a darte la comida que he guisado para ti durante los días de tormenta.

La mujer dijo que se llamaba Sabhu, y le contó el sueño premonitorio que le había inspirado personalmente Alara Kalama la noche anterior.

—Hace unos días te vi subir la cuesta cargando con el maestro hasta su casa. Unas bandadas de pájaros os seguían dibujando grandes curvas en el cielo. Tú avanzabas sin detenerte.

Mientras tanto, Siddharta había aceptado la escudilla de judías y lentejas. Estaba hambriento, y mientras tragaba la comida con ansia escuchaba atentamente las palabras de la mujer, preguntándose por qué iba vestida como un hombre.

—El hombre al que has venido a ver, el maestro Alara Kalama —prosiguió Sabhu—, es mi marido. Vivimos separados desde que salimos de nuestra ciudad.

—¿Tu marido?

—Nos casamos en la ciudad de Rajagaha, la capital de Magadha, reino del soberano Bimbisara. Allí nació nuestro amor.

Siddharta se sorprendió al oír el nombre del rey, pero optó por no preguntarle a Sabhu si conocía la existencia del collar de perlas guardado en el cofre de marfil. La mujer se quitó del cuello un trozo de cuerda e hizo cuatro nudos.

—Alara Kalama tiene muy mal carácter, pero has superado la prueba. Cuando vuelvas con él dale esto de mi parte, así comprenderá que he cumplido con mi deber. Desde que me repudió no nos hablamos, pero yo espero que algún día también se avenga a transmitirme su doctrina. Soy mujer, pero no creo que eso sea un impedimento para ser asceta.

—¿Aún quieres a tu marido, Sabhu?

—No del modo que estás pensando. Él me ha enseñado la libertad.

Siddharta observó pensativo a la mujer que había sido providencial para él. Se había presentado como una aparición, despejando las sombras y devolviéndole la esperanza.

—¿De modo que tú también, Sabhu, me dices que vaya con él?

—Príncipe Siddharta, ya vas con retraso. Alara Kalama te está esperando para darte la enseñanza. Ve por otro camino, sube por esa otra ladera donde no crecen árboles y el cielo está más despejado. Desde allí te verá mejor: sus ojos, que son ciegos, sólo saben contemplar el espacio que tenemos encima, y siguen las huellas que dejamos en las nubes cuando creemos que caminamos por la tierra.

—Así lo haré, Sabhu.

—No te olvides de darle la cuerda que te he entregado —le recordó ella una vez más, mientras le veía partir—. No creas que eres el único que merece la enseñanza, todos querrían andar ese camino que tú tienes la suerte de recorrer en esta vida.

—Ya lo sé, Sabhu, ahora lo entiendo.

Apenas Siddharta había recorrido el primer trecho cuando le dio por pensar en quien había quedado atrás, pero no en Sabhu, que sólo le había hecho una sugerencia. Siddharta miró las nubes que clareaban en el cielo, y a lo lejos las vio: las pequeñas huellas de Svasti que salían de la selva. Todavía le quedaba mucho camino por delante, pero él también acabaría encontrando lo que buscaba.

Por fin Siddharta divisó la cabaña y el corral. Con gran asombro vio que todo estaba ordenado: el cobertizo de la herramienta barrido, la ropa lavada y tendida, los cacharros apilados, todo volvía a estar como si no lo hubiese desordenado otra vez por orden expresa del maestro. ¿Era obra de Alara Kalama, una vez más? Ese hombre no dejaba de sorprenderle.

El sueño de Visnú

—¿De modo que has conocido a esa bruja? ¡Habrá que ver lo que te ha contado de mí!

Alara Kalama cogió el pedazo de cuerda que le tendía Siddharta, lo tocó con los dedos sin bajar la cabeza, contó los nudos y lo metió en un estuche rectangular. Cuando el maestro lo abrió Siddharta se sorprendió al ver que contenía muchos cordones idénticos al que le había dado Sabhu. Pero el número de nudos de estos cordones no era superior a cuatro, ni tampoco par.

—Te habrá dicho que si no ha podido hacer lo que quería ha sido por mi culpa —refunfuñó una vez más Alara Kalama.

Siddharta le veía caminar de un lado a otro en un estado de ansiosa irritación: husmeaba por todas partes, medía la distancia entre los rincones con pasos inseguros, mientras sus pupilas permanecían fijas en el vacío. No había cambiado mucho, seguía siendo el viejo león, aunque parecía un león ciego e inofensivo, pensaba el príncipe al recordar su encuentro anterior.

—¿Por qué estás ahí parado y mudo como un pez? ¿No esperabas encontrarme así? ¿O es que, una vez más, no esperabas que te acogiera?

—Lo esperaba.

—Está bien. Entonces deberías saber qué es lo que estoy buscando. ¿Por qué no me ayudas a encontrarlo?

Siddharta echó un vistazo a un roncón, junto a la pared, y vio el brillo blanco del cofre de marfil, que seguía en el suelo, donde lo había dejado, detrás de la pila de cacharros. Lo cogió, levantando una nube de polvo.

—¡Ah, por fin! ¿Ves? A veces basta con un poco de buena voluntad —dijo el maestro, con tono malicioso—. Aquí dentro está lo que nos conviene.

Alara Kalama cogió el cofre y lo sacudió dos o tres veces con cuidado. Un escalofrío recorrió la espalda de Siddharta. ¿Qué iba a decir, cómo iba a convencerle de que él no había roto el collar? No había sido culpa suya, sino de una fuerza exterior y desconocida. Casi sufrió una decepción cuando Alara Kalama, la mar de tranquilo, fue sacando las perlas una a una haciéndolas rodar entre sus dedos como para valorarlas. Siddharta había visto hacer ese gesto experto a los mercaderes cuando trataban con los pescadores, que llegaban agotados del río con sus cestas al hombro. Por último el maestro las desparramó sobre la mesa.

—Son preciosas, ¿verdad?

—Sí —titubeó Siddharta.

—Dime una cosa, ¿cómo son? ¿De qué color? No las he visto nunca, no podría decir si son bonitas o no —se contradijo el maestro.

Siddharta le describió el color transparente y rosado, las vetas tornasoladas distintas de unas a otras, y tanto se enfrascó en los detalles que poco a poco se dio cuenta de que ya no veía las perlas.

—Hay una luz tersa y cristalina que lo tiñe todo, hasta mis manos. Las miro, y se confunden con el paisaje que tengo delante. Veo dunas de arena que levanta el viento, pero no es un desierto. Por aquí, hace muy poco, ha pasado un monzón. Lo veo aparecer con sus resplandores rojizos. A lo lejos se oye lo que parece un redoble de miles de tambores. Una fuerza espantosa,

144

portadora de muerte y destrucción, ha alterado la tierra. Ahora que todo está en silencio y el ciclón se ha alejado, ha nacido un poeta, y éstos serán los versos de su sufrimiento:

Las nubes van delante como rey
entre ejércitos tumultuosos;
sus pendones son los rayos,
sus tambores los truenos.

«Habla, maestro, te escucho. Aún puedo oír tu voz.»

—Has entrado en la cabeza de Visnú, el creador. El dios está dormido, su cuerpo descansa en los anillos de la serpiente Ananta, la criatura del infinito. Como la araña que se ha tragado la tela, Visnú ha absorbido el cosmos, y ahora sueña con él en su forma ideal. La que estás viendo es una de las imágenes del cosmos; si te mueves un poco verás miles de imágenes distintas. Puedes contemplar el pasado y el futuro. El poeta que has mencionado es el sublime Kalidasa, que nacerá dentro de mil años. Sigue mirando, Siddharta, mientras te cuento la historia del maestro Markandeya que, antes que tú, visitó la cabeza dormida de Visnú.

Alara Kalama le habló del peregrino Markandeya, que tuvo una vida larguísima:

—Había nacido del cuerpo de Visnú. Tenía miles de años, los miembros fuertes y la mente despierta. Desde hacía mucho tiempo estaba acostumbrado a deambular y visitar ese mundo que había dentro del cuerpo divino dormido. En su camino se encontraba con muchos ascetas, visitaba las ermitas y era recibido por los maestros, que le saludaban con gran alegría tanto a la llegada como en la despedida. Los aldeanos siempre le brindaban comida abundante y cómodos lechos para dormir. Markandeya era respetado por los soldados y los sacerdotes, por los buenos y los malos. Así, durante su peregrinación, iba descubriendo todos los recovecos del alma humana. La variedad del

145

mundo exaltaba su espíritu, la diversidad y el cambio le inspiraban nuevas enseñanzas, afinaban sus sentidos ya perfectos, y enriquecían su inteligencia. Pero de pronto...

—No me digas más —interrumpió la voz de Siddharta—, sé cómo termina esa historia. Yo soy Markandeya, y me sucede algo imprevisto.

»Visnú duerme con la boca entreabierta, su respiración resuena, lenta y acompasada, en la inmensidad de la noche. Yo camino de puntillas por el borde de sus labios gigantescos. Me caigo, me agarro con fuerza a algo blando y mojado y reconozco sus labios. Mi cabeza aún está dentro, mirando el mundo que estoy a punto de dejar, y ya no siento el cuerpo. Y ahora, ¿qué ocurre? ¿Dónde estoy? ¿Por qué ya no veo a nadie por aquí? Parece que he caído, pero ¿dónde? No hay sol ni brillan las estrellas, los lagos y las montañas se han desvanecido, la tierra ha desaparecido, el mundo ya sólo es un espejismo del pasado. Ahora él también se desvanece, estoy flotando en el espacio. Sólo ahora veo, a mi alrededor, el gigantesco océano de leche, las aguas de la no existencia. El mundo, encerrado en el gigante, no es más que una de las muchas esferas de la nada. Mi inteligencia, mi generosidad, mi maldad no le importan a nadie, no causan felicidad ni sufrimiento.

»¿Me oye alguien? Estoy hablando, ¿alguien oye mi voz? Me pongo a gritar y el sonido se pierde. ¿Me oís? Nada: no hay confines. ¿Seré capaz de volver?

—¡Aquí estás! —le dijo Alara Kalama, despertándole.

El collar de perlas, intacto, colgaba de sus manos, balanceándose.

—Es tuyo para siempre.

Siddharta recibió el cofre y la bendición de su maestro. Mientras inclinaba respetuosamente la cabeza dijo:

—En realidad, lo que has llamado alma sólo es el vacío. El alma, maestro Alara Kalama, no existe. En el océano de leche no hay apego, material ni espiritual, ni al bien ni al mal.

—Sólo ahora entiendo lo que quieres decir, Siddharta. Entiendo los cuatro nudos que hizo mi mujer Sabhu en la cuerda. Ningún otro discípulo mío me había superado, pero tú has dado un paso adelante, has descubierto que incluso el alma, que yo creía inconsistente e inmaterial, se puede sobrevolar y dejar atrás, junto con el cuerpo, en la cabeza de Visnú. Pero recuerda que he sido yo quien te ha enseñado el vuelo mágico.

—No lo olvidaré, Alara Kalama.

—¡Siddharta! —llamó el maestro, mientras el príncipe se acercaba a la puerta de la cabaña—. Ese collar no es tuyo.

—Lo sé —dijo Siddharta con tono solemne—. Es el rescate de una reina llamada Narayani, con la que me encontraré en la corte del rey Bimbisara.

—¡No digas tonterías! ¡Y lárgate! Ya no te necesito.

Alara Kalama había vuelto a sus modales huraños e irritantes, y se dedicaba a desordenar el cuarto imitando el graznido de los grajos. Siddharta, que se marchaba con el cofre en la bolsa, no se inmutó: sabía que en ese momento Alara Kalama ya no estaba allí. En la cabaña, en el cerro, sólo habían quedado su mirada ciega y su mal carácter, mientras que él, gracias al vuelo mágico, estaba recorriendo otros lugares y otros espacios. Con ese ir y venir proseguiría la vida del maestro Alara Kalama.

El espejismo de un beso

El coche cruzó la muralla de Kapilavastu, capital de los sakya, dirigiéndose a la entrada del palacio. El trote acompasado de los caballos y el balanceo monótono del remolque, en la última etapa de un viaje largo y cansado, habían adormecido a la única pasajera. Narayani dormía, sin soñar. Pero luego, de pronto, algo empezó a perfilarse en los abismos más recónditos de su mente. Eran imágenes que se sucedían, imágenes tan vivas que no parecían un simple sueño.

—Reina, aquí está lo que perdiste. Aquí está el collar de perlas.

—No sé de qué estás hablando —le contestó Narayani al hombre que la había abordado.

Se dio la vuelta apresuradamente y siguió avanzando hacia el portón dorado.

¡Era igual que en sus recuerdos, tal como la había visto en sueños! Kapilavastu, la luminosa ciudad de avenidas con losas doradas y parques siempre floridos. En sus calles se aspiraba un perfume inconfundible, un olor dulce e intenso a cedros. Todo seguía exactamente como lo había dejado. El esplendor del reino donde por primera y única vez su mirada se había cruzado con la de él, no había cambiado. ¡Cómo le latía el corazón a Narayani ante la idea de volver a ver al príncipe! Pero esta vez no cometería el mismo error, estaba dispuesta a declararle su amor.

Narayani volvió a recorrer con la misma ansiedad las huellas que habían permanecido intactas todos esos años. Sus propios pasos la guiaban.

Pero el hombre que le había cerrado el paso no se daba por vencido, seguía delante de ella y le impedía llegar a la entrada del palacio. La detuvo en la escalinata, mientras ella, apretando el paso, recogía la cola de su largo vestido con adornos tintineantes. Ni siquiera parecía tener necesidad de perseguirla, y a cada escalón que ella subía él ya estaba delante, con su amplio manto y la capucha que le daba sombra en la cara, como si sus pasos no rozaran el suelo.

—Eres la reina, ¿verdad? La torre en la que te habías encerrado ya no existe. Has venido a Kapilavastu para recuperar lo que te quitaron, reina sin corona.

—¿Acaso se nota por mi aspecto la dignidad de mi función? Aún soy hermosa, lo sé. Pero no sé qué insinúas. Y te repito que nunca he tenido ese collar —contestó Narayani secamente, sin alterarse.

—Sólo quiero devolverlo, quiero devolverte el amor que estás buscando —insistió el hombre misterioso.

—Me parece muy bien. Pero ahora déjame.

Después de esa breve confidencia Narayani dio unos pasos. Luego se volvió, obedeciendo a un impulso desconocido, y vio ese gesto regio que no dejaba lugar a dudas. El hombre se quitó la capucha y mostró las facciones durísimas y armoniosas, fuertes y huidizas a la vez. Esbozó la sonrisa de la que Narayani se había enamorado.

—¡Siddharta, tú! Yo perdí esas perlas, y esperaba…

—Esperabas que no las encontrase, Narayani. Porque ahora yo también lo sé.

—¿Qué sabes? Tú no puedes saber nada… ¡y yo tampoco lo recuerdo!

Pero esos ojos, esa mirada la azoraban. No. Tormento. Narayani vaciló un momento.

—¿Dónde las has encontrado?

—Las tenía mi maestro, el que ha vencido al mago.

Narayani no podía seguir mintiendo, y simuló que recordaba de pronto.

—El mago… Sí, claro, quizá sepa de quién estás hablando. Sólo recuerdo que llevaba un manto como el tuyo, pero el rostro de ese hombre se borra en mi mente.

—No importa, no estoy aquí para acusarte de nada. Tú eres pura, lo sé. Sólo quiero devolverte el collar. Yo también utilicé esos poderes, pero de ahora en adelante no lo haré más.

—¿Poderes?

—No finjas que no lo sabes, Narayani. Como bien sabes, estas perlas permiten viajar con la mente atravesando el espacio y el tiempo para ir al encuentro de nuestros deseos. Yo traté de ver lo que hay más allá del velo de Maya, mientras que tú lo hiciste aún más tuyo.

—Ayúdame a recordar, Siddharta, creo que ya no sé quién soy. ¿Quiénes somos tú y yo?

—Amantes, Narayani. Mientras existan las islas y las princesas que has visto y has alcanzado, seremos amantes. Pero como te entretuviste más de lo debido con el mago, esos lugares se han vuelto peligrosos para mí. Amándome me impides alcanzar mi meta.

Eso era demasiado para que ella pudiera seguir escuchándole. ¿Cómo conocía Siddharta su secreto, cómo sabía que había estado con el mago? Y si tan bien la conocía, ¿por qué no la odiaba? Al contrario, parecía que la amaba cada vez más.

—¡Basta, te lo ruego! No vuelvas a nombrar a ese mago. Cuanto tú y yo estamos juntos él deja de existir. Y entonces yo entiendo… Te quiero, Siddharta, te quiero porque me apartas de él.

—No comprendo el significado de ese amor. Pero te prometo que estaré contigo, ya no volveré a dejarte sola.

—Me quieres. Lo sé desde siempre.

—Sólo te pido que no me lo pongas todo más difícil.

Ella se le acercó, sensual y tierna a la vez.

—Te llevaré a las islas y te enseñaré las princesas.

Siddharta la acarició.

—Suelta esos velos que sujetas con tanta fuerza, o acabarás rasgándolos.

Al final, los juegos de los dedos que se buscaban y se rehuían, el calor del aliento y esos ojos que miraban dentro de los suyos, la hicieron estremecerse de miedo y amor. Las dos bocas, que hasta entonces se desconocían, de pronto, sin saber por qué, cómo ni cuándo, comenzaron a besarse en un instante brevísimo y eterno.

El carro se detuvo con un largo chirrido de ruedas. El cochero no había previsto la dificultad del frenazo, el áspero rozamiento de la madera en el empedrado que llevaba al pie de la escalinata. La última sacudida despertó bruscamente a Narayani, que se sobresaltó. Se levantó y se asomó apartando el toldo que cubría el coche.

—¿Qué ha sido eso?

—Hemos llegado a Kapilavastu, como me ordenaste —contestó el cochero.

Los mástiles de los tejados se recortaban en el cielo sin ningún estandarte. La única señal que permitía reconocer la ciudad era la torre de la bienvenida que aún conservaba el blasón de los sakya, aunque un poco desconchado por el viento. La atalaya se alzaba detrás de las murallas, destacando sobre un cielo pálido y rosa. Puede que estuvieran a punto de llegar unas nubes cargadas de lluvia, o que acabaran de pasar y la tormenta ya se hubiera alejado, no había forma de saberlo; lo cierto, pensó

Narayani al bajar del coche, era que la ciudad de Kapilavastu estaba de luto.

Despidió al cochero, indicándole con seguridad la dirección de las cuadras donde podían descansar los caballos, y caminó convencida de que nadie acudiría a recibirla. Así fue, las calles estaban vacías. La sensación de saber orientarse tan bien entre los jardines y los patios era extraña, y por un momento tuvo un vago recuerdo de algo muy dulce. Pero luego su atención volvió a concentrarse en la severidad y la tristeza que reinaban en las casas y los jardines.

De pronto alguien, desde dentro del palacio, tiró hacia atrás de las puertas doradas, y el portón se abrió, mostrando una multitud de gente lujosamente vestida. Narayani, al pie de la escalinata, alzó la vista para contemplar el solemne cortejo fúnebre encabezado por los brahmanes, que bajaba hacia la avenida principal. Por la triste y solemne letanía que entonaban supo que se estaba celebrando el rito por una personalidad de rango elevado. Por un momento se le heló la sangre, pero sintió un gran alivio al oír que salmodiaban el nombre del difunto:

—Asita, primer brahmán de Kapilavastu, no ha dejado herederos.

Nadie reparó en ella, estaban tan absortos en la plegaria que Narayani pudo seguirlos hasta la última etapa de su recorrido, donde el cortejo se adentró en el parque y llegó a la orilla del río.

—Arrojemos sus restos al Rohini, recemos para que las cenizas de Asita lleguen lo antes posible al sagrado Ganges. Allí las está esperando Siddharta: antes de morir, el brahmán perdonó al príncipe. Nunca sabremos el motivo, se lo ha llevado consigo.

Era el viejo rey quien había pronunciado esas palabras. Suddhodana, así se llamaba el padre de Siddharta, recordó Narayani. Lo observó atentamente y lo encontró viejísimo y cansado, como si hubieran pasado cien años desde aquella ocasión en que lo había visto de lejos cuando celebraba la boda de su hijo. Y esa mujer joven que estaba a su lado, con el pelo recogido en la nuca y un sencillo vestido de seda, seguro que era… sí, se asombró Narayani, era bellísima y tenía el porte de una princesa. Debía de ser Yasodhara. Abrazaba a un niño vestido de azul, su hijo. Pero el marido, Siddharta, no estaba allí. «Está esperando sus cenizas en la orilla del Ganges», había dicho Suddhodana.

Terminada la ceremonia el rey dio su bendición al pequeño Rahula vestido de azul, su nieto, el heredero del trono. Luego, como si hiciera acopio de las pocas fuerzas que le quedaban, se apoyó en el brazo de Yasodhara, que le sostenía con la solicitud que merece un enfermo. Narayani estudiaba atentamente todos sus movimientos, admiraba su encanto sin sentir envidia, pues su dolor contenido le confería tal dignidad que apartaba cualquier mal pensamiento.

El rey y la princesa se acercaron, luego se detuvieron justo a la altura de Narayani, que se había quedado en la cola del cortejo. En ese momento Narayani se llevó dos grandes sorpresas. La primera fue que Suddhodana se apoyaba en Yasodhara porque sus ojos estaban completamente ciegos, avanzaba con paso lento sin conocer el camino por donde le guiaban. La segunda sorpresa fue que la esposa de Siddharta le dirigió la palabra.

—Síguenos, volvemos al palacio. Espérame en la glorieta de las moreras. Deja que acompañe al rey a sus aposentos, enseguida me reuniré contigo.

Dos mujeres

Yasodhara se había cambiado de vestido, quitándose los adornos y las estolas lujosas antes de reunirse con Narayani a la sombra de las moreras. Quería estar sencilla, como sencilla era su vida desde la partida de Siddharta, y como sencillas eran las cosas que tenía que decirle a esa mujer llegada de lejos. Tenían la misma edad, el mismo pelo largo y la misma gracia al sonreír y hablar, y ambas habían experimentado la felicidad de ser madres. Pero Yasodhara estaba más tranquila, y Narayani más inquieta.

—Llevas poco tiempo aquí, Narayani, ¿verdad?

—Pues sí, acabo de llegar.

—Desde hace algún tiempo es raro que vengan forasteros a Kapilavastu. Parece que este reino ha dejado de ser atractivo para los que vienen de lejos. Por eso hace un poco me llevé una sorpresa al ver tu cara entre los que participaban en el cortejo fúnebre.

—La ciudad es preciosa, y el palacio una maravilla. Es un lugar muy entrañable para mí.

Las mejillas de Narayani se ruborizaron ligeramente con una repentina turbación. «Le amo, he venido por él», le hubiera gustado decir, pero no podía hacerlo, y además se daba cuenta de que habría sido superfluo. Era como si Yasodhara adivinase sus secretos más íntimos.

—Ven conmigo, Narayani. Quiero enseñarte algo que seguramente te interesa.

La esposa de Siddharta llevó a la mujer hasta las murallas de la ciudad. Caminaron en silencio, mirándose de reojo. Yasodhara se detuvo ante la gran puerta que se había abierto milagrosamente la noche de la fuga de Siddharta. El río Rohini regaba los campos que rodeaban las murallas y pasaba al pie de ellas. Yasodhara señaló un lugar donde la corriente del río pasaba entre cuatro piedras blancas.

—Mira, ésa es la señal que me dejó Siddharta, mi marido el príncipe, el día de su partida.

—Es un círculo, un remolino en el agua —dijo Narayani, sorprendida por la escasa importancia de lo que veía.

—Un simple remolino, sí. Pero si te fijas bien nunca se mueve de allí, no fluye como los otros, no se desplaza con la corriente del río. Parece arte de magia.

Narayani creyó entender.

—Y tú miras dentro de este remolino transparente…

—Siddharta también me ve a mí a través del agua del río. Narayani, Siddharta se marchó para siempre, no volverá.

—¿Por qué me dices eso? Yo a tu marido ni siquiera le conozco —mintió Narayani—. Hablas como si yo…

—Como si tú hubieras venido a verle. Por eso te digo que no debes buscarlo aquí.

Narayani, humillada por la sencillez y la sinceridad de Yasodhara, se sintió desfallecer.

—Me pides que me sincere contigo. No tengo más remedio.

—Si quieres ver a Siddharta tienes que ir al reino de Magadha, a la corte del rey Bimbisara. No sé cuánto tiempo tardará en llegar ni lo largo que será su viaje, pero sé que ese rey le está esperando con gran devoción. Aquí en Kapilavastu sólo puedes enterarte de su pasado, de todo lo que ha dejado atrás

155

y de la tristeza que embarga nuestros corazones. Si buscas la vida, no te quedes aquí.

—Estoy avergonzada. Tú, Yasodhara, deberías odiarme, y en cambio me mandas con él. Has leído el amor en mis ojos, y sin embargo me dices dónde puedo encontrar a Siddharta. ¿Por qué lo haces?

—¿Qué puedo temer?

—Los amantes siempre temen perder a su amado. En cambio a ti parece que todo te es indiferente.

Yasodhara sonrió.

—Todo no. Mi indiferencia se debe precisamente al miedo. Al miedo a amar de verdad y al miedo a perder de verdad.

—Te confieso que yo nunca he tenido tanto miedo.

—No digas más. Márchate, ve en busca de Siddharta. Creo que él te entenderá.

—Sí, pero ¿y si me estás engañando?

—No tienes por qué creerme. Pero yo sé que Siddharta te llama.

Narayani no dijo nada más. Poco después salió de la ciudad. Durante el viaje se detuvo varias veces en los pueblos del camino, cambiando continuamente de dirección, sin saber muy bien adónde ir. Deseaba por encima de todo ser recibida en la corte del rey Bimbisara y esperar allí a Siddharta. Pero había algo inexplicable y extraño en sus desplazamientos, algo que la desviaba cada vez que decidía encaminarse a Magadha, como si hiciera lo posible para postergar el encuentro. Sin embargo, se mentía a sí misma Narayani, estaba convencida de que lo mejor era seguir el consejo de Yasodhara.

Un día, a la entrada de una aldea de casas bajas y pintadas de colores, en una de esas postas destartaladas para los caballos que había a las afueras de las poblaciones, vio una caravana, parada junto a otros carros, que llamó su atención. Había sobre todo un carromato pintado de rosa chillón con motivos florales de grandes pétalos, que no pasaba precisamente inadvertido.

Parecía uno de esos vehículos de los feriantes, los malabaristas, los músicos y los acróbatas callejeros. Al verlo Narayani se puso muy contenta, y esperaba ver salir de un momento a otro a los propietarios del llamativo vehículo.

—Acércate —le ordenó al cochero—. Voy a esperar aquí, delante de la caravana, hasta que se acerque alguien. Me gustaría saber quién se atreve a ponerles esos adornos a los caballos. ¡Mira ese pobre animal! ¡Parece una bufonada!

El animal sacudía hacia un lado una cola rizada y pintada de colorines, y alzaba las orejas, nervioso por la larga espera. Narayani, cada vez más intrigada, también esperó.

Las chicas del circo

—¿Vosotras?

Narayani estaba muerta de risa. Nunca hubiera imaginado que sus sugerencias iban a surtir tanto efecto. ¡De modo que al final sus compañeras de la Casa del Placer habían salido de la Ciudad de las Serpientes, y mira lo que se les había ocurrido!

—¿Pero de qué vais disfrazadas, si se puede saber?

Las chicas habían aparecido por la calle del pueblo como un tropel de ocas coloridas y chillonas, empujándose y abrazándose con despreocupada alegría. Narayani no sabía si enfadarse: las chicas no parecían muy sorprendidas de su encuentro casual, y apenas le hicieron caso. Seguían gastándose bromas, la mar de divertidas con sus pintas extravagantes. Habrían podido cruzarse en su camino con una manada de elefantes rosas o monos parlanchines sin apenas prestarles atención.

—¡Ni las plumas de los loros son tan llamativas! La elegancia y el decoro son algunas de las virtudes femeninas que más aprecian los hombres. ¿Quién os va a cortejar emperifolladas de ese modo?

—No te preocupes, Narayani, que faena no nos falta. ¡Pero ahora que hacemos funciones sensacionales, bailes acrobáticos y números con animales amaestrados, ganamos dinero a espuertas!

Claro de Luna entró en el carromato y salió con un cerdito en brazos.

—Es enano, ¡si vieras qué monada! Mira lo que le he enseñado.

Claro de Luna, que tenía fama de ser la más tímida y retraída, se divertía de lo lindo. Primero el cerdito caminando con dos patas o sentado cruzando las delanteras sobre el pecho, y luego el disfraz de hombre salvaje, un truco malicioso inventado por ella que era el número más aplaudido. Pero Claro de Luna no era la única que había sufrido una transformación con ese nuevo oficio. Las funciones, el tener que ingeniárselas todos los días con juegos y disfraces cada vez más originales, les deparaban una satisfacción inesperada. La fraternidad y amistad entre colegas, en ese improvisado circo ambulante, había dado sabor a sus vidas y alegrado su carácter.

—¡Ya veo que os las arregláis estupendamente para recorrer el mundo! A todo esto, ¿y la Madre, no está con vosotras? —preguntó Narayani.

Lawanja, la de la poblada melena, estornudó aparatosamente una, dos, tres veces seguidas; luego se rascó la rodilla y chasqueó los dedos, con gesticulaciones muy estudiadas de las que estaba extrañamente orgullosa.

—¿Ésa? No te lo vas a creer: ¡puaj! Se ha enamorado, imagínate… ¡La vieja ha perdido la cabeza por un hombre! Un noble que vive en Harshavati, un tipo al parecer tan poderoso como el dios Indra. Al principio ni se fijaba en ella, pues estaba rodeado de las mujeres más bonitas que se pueda imaginar. Pero ya sabes cómo es la Madre cuando se le mete algo entre ceja y ceja… En fin, tanto se esmeró con sus filtros de amor, tantos le dio a probar que el hombre, completamente embobado, cayó rendido en sus brazos. Con lo hombretón que es, hay que ver cómo lo ha camelado, se deja mimar por ella como si fuera un niño.

—¿Y tú cómo sabes todo eso, Lawanja? —preguntó Narayani—. ¡Ya veo que sigues tan deslenguada como siempre!

—Es como te lo cuento —atajó Lawanja.

Las demás se desternillaban de risa. Narayani era incapaz de hacerse oír con esa algarabía que arreciaba y se apagaba en oleadas repentinas. No la dejaban hablar.

Por si la animación fuera poca, por las callejuelas que iban a dar a la explanada donde estaba la caravana se acercaban grupos numerosos de personas, familias enteras de lugareños. En un abrir y cerrar de ojos la plaza se había llenado de gente de todas las edades.

—¡Ha llegado nuestro público! ¡Adelante, que empiece el desfile! —gritó una de las muchachas, con la cara pintada de amarillo dorado.

La función no se hizo esperar. Sonó la charanga de las instrumentistas y las bailarinas se colocaron en el centro de un círculo imaginario para la danza de los espejos. De dos en dos, las muchachas ejecutaban figuras acrobáticas repitiendo al unísono los mismos movimientos. A los aplausos y aclamaciones les siguió el lanzamiento de pétalos rojos en señal de fiesta, y de monedas tintineantes. Nadie quería que terminaran las piruetas, las pullas y las muecas que dejaban a los niños boquiabiertos y provocaban gritos divertidos de aprobación. Pero la endiablada miscelánea de acrobacias y ocurrencias en que consistía la función de la Caravana del Placer estaba quemando los últimos cartuchos.

—Como todas las historias bonitas, nuestro espectáculo también ha llegado a su fin. Es el momento de despedirnos todas juntas del amable público, agradeciéndole su caluroso recibimiento. Decimos adiós con una canción dedicada a este precioso pueblo rodeado de verdes colinas. Señoras y señores, hoy les presentamos un número excepcional fuera de programa: ¡cantará nuestra reina, la hermosa Narayani!

El anuncio pilló desprevenida a la mencionada Narayani, que

nunca se había visto en una situación igual. Pero como decepcionar a sus compañeras sería peor que vencer la timidez, entonó su canto de amor, el que un día le había salido del corazón y tenía grabado en la memoria.

...Pura lejanía,
ven de tu Fuera, de tus noches misteriosas
o déjame morir.

El público escuchó embelesado las últimas palabras de la tonada, y las chicas, emocionadas, rodearon a Narayani y la cubrieron de besos y abrazos. Sólo una permaneció impasible, mirándola con sarcasmo. Luego, sin perder de vista a la reina, Lawanja se alejó hacia el carromato. Para dirigir un número secreto del circo al que sólo unos pocos invitados elegidos podían asistir.

Mara

Con todo ese jaleo nadie pareció darse cuenta de que esa muchacha extraña, Lawanja, se alejaba apretando el paso. Pero algunos hombres, con miradas circunspectas, empezaron a seguirla moviéndose como autómatas, cual si no supieran adónde se dirigían. Era una procesión siniestra a la luz del crepúsculo. Si alguien la hubiera observado con atención, habría percibido la atmósfera nefasta de un ritual.

A lo lejos una sombra furtiva lo estaba viendo todo. El veloz Svasti, sin saber por qué, no podía apartar la vista de esa muchacha morena de boca ancha. Cuando ella se detuvo en medio de una era rodeada de hombres, el muchacho se agazapó en la hierba y abrió los ojos de par en par. Algo inaudito estaba a punto de comenzar.

Las nubes taparon la luna, la visibilidad se redujo, y de la ciénaga cercana salieron ráfagas de niebla espesa, que quemaba la piel, y envolvieron a ese corro de fantasmas. Lawanja se arrodilló y, en un silencio irreal, todos los hombres juntaron las manos en señal de adoración. Las manos de Svasti también se juntaron sin que pudiera evitarlo.

Cuando la muchacha se quitó el vestido para mostrar a su alucinado público el pecho desnudo, la tensión se hizo vibrante.

Nadie dejaba escapar el menor sonido. Lawanja movió lentamente los ojos mirando a los hombres que, ante esa mirada ávida, agacharon la cabeza.

Sólo un hombre, muy delgado, sostuvo su mirada y, como si estuviera en trance, se levantó y se tendió ante Lawanja. Inmediatamente el más pequeño de los presentes, con ademán servil y como si se avergonzara, se acercó al hombre tendido boca arriba, le levantó el vestido y descubrió su pene, aún en reposo. Desde donde estaba escondido Svasti no podía ver bien, pero se dio cuenta de que las caras de esos hombres brillaban de sudor, y tenían los ojos muy abiertos para no perder detalle de lo que sucedía.

Lawanja miró un buen rato, indiferente, el miembro del hombre. Svasti veía su espalda desnuda y sólo podía imaginar confusamente lo que estaba pasando.

La muchacha acercó la cara al vientre del hombre. Sus labios se abrieron y asomó la lengua. Como si una fuerza misteriosa la retuviera, Lawanja no se inclinó más. Sus mejillas se hincharon y agitaron por dentro, y fue sacando la lengua, larguísima, monstruosa. La frente del hombre estaba empapada en sudor. Los brazos y las piernas de los espectadores se pusieron rígidos al unísono, en un espasmo expectante. La lengua rodeó lentamente el pene del hombre, desde la punta hasta los testículos.

Como una serpiente mortal, la lengua parecía dotada de energía propia, en contraste con la inmovilidad de Lawanja. Se relajaba y contraía formando más de diez anillos alrededor del miembro del hombre.

La que parecía una práctica sexual corriente se había convertido en un juego mortal que la víctima, ahora estaba claro, aceptaría hasta las últimas consecuencias: Lawanja estaba desangrando al hombre con su lengua rapaz. El orgasmo que parecía cercano quedó horriblemente suspendido en un espasmo, y luego estalló sorprendiendo al público, que ya no veía vida en el cuerpo exangüe y blanco del hombre. La lengua, hinchada, se retrajo lentamente.

Lawanja se levantó y se dio la vuelta. Entre las piernas de la muchacha, Svasti entrevió al hombre pequeño arrastrando el cuerpo muerto del iniciado por la hierba.

Las nubes se rasgaron y la luna iluminó claramente el cuerpo medio desnudo de Lawanja que se acercaba, con pasos espectrales, al escondite de Svasti. El muchacho estaba aterrorizado, era incapaz de moverse. Miraba el rostro que iba hacia él, ansioso como el de un vampiro aún no saciado. Lawanja masticaba sin parar. Por la comisura derecha de su boca resbaló un hilo de sangre negra, que dibujó una línea en el pecho y el pezón. Mirando fijamente a la luna, haciendo caso omiso de la presencia de un observador a pocos pasos de ella, la esclava de Mara tragó con deleite una y otra vez la sangre que le llenaba la boca. Svasti no podía creer lo que veía. En un instante de puro delirio el rostro descompuesto y vicioso de Lawanja, sus labios escarlata, se transformaron en un recuerdo horrible y lejano. Ante Svasti estaba la cara de Dronodana, el Gran Padre. Gesticulante, embadurnada con la sangre de sus pequeños hermanos sacerdotes del templo maldito. Una condena y una culpa incomprensibles para el pobre Svasti, aterrorizado, solo y testigo.

La cobra Mucalinda

Los últimos árboles que habían dejado atrás volvían a la mente de las muchachas como un recuerdo lejano, la sombra y la frescura que les habían brindado como algo irrepetible. Hasta donde alcanzaba la vista se extendía un territorio desierto, cuya aridez y falta de refugios encogían el corazón. Nadie tenía ánimos para hablar. El aire era abrasador como el de un horno, y secaba la piel. Las vagabundas de la Caravana del Placer se pasaban de mano en mano un frasco con aceite lenitivo de zabira con el que se untaban la cara, los brazos y el pecho, donde su piel estaba más expuesta al calor del sol.

—¿Qué habrá sido Narayani? ¿Se marchó justo después de la fiesta? —preguntó Rayo de Betel.

—¡Pobre reina! —contestó Satva—. ¿Oísteis su canto de amor por el príncipe? ¿Os disteis cuenta de que en el corazón de esa mujer hay una espina de amor? Ojalá termine algún día su búsqueda. Fue una hermosa despedida, dijo que su viaje la llevaría al reino de Magadha, junto al gran rey Bimbisara.

La hábil Vasudatta, que aún no había cedido su puesto de guía, frenó bruscamente el carromato. En medio del desierto alguien se había tomado la molestia de clavar un palo con un letrero.

—¡Eh, mirad! ¡Hay un letrero!

En el fondo del carromato se oyó un coro de protestas.

—¿Bueno, qué, vamos a quedarnos mirándolo hasta convertirnos en un apetitoso bocado para los buitres? —le gritaron.

—¿Quién puede leer eso? Seguro que está escrito en la lengua de una tribu desconocida —protestó con fastidio Rayo de Betel.

—¿Acaso tú sabes leer nuestra lengua, Rayo de Betel? —le espetó su vecina, dándole un codazo.

—¡Déjame en paz! No quiero decir que sepamos leer, ¿crees que me importa? Lo que digo es que no se nos ha perdido nada en este lugar, tenemos que largarnos de aquí antes de que muramos de sed. Qué más da lo que diga ese letrero.

La trifulca, que había estallado por un quítame allá esas pajas, duró unos minutos. En el silencio absoluto y desolador de ese desierto, la caravana rosa no se movía, a excepción de los zarandeos que daban las iracundas mujeres al carromato. Poco faltaba para que llegaran a las manos.

El observador escondido detrás de la duna gozaba del espectáculo: el carromato, con ese grupo de mujeres arracimadas y vocingleras, parecía una gigantesca tarta de mantequilla, temblorosa y pintarrajeada de colores chillones, que tarde o temprano se derretiría al sol. Lástima que la divertida representación tuviera que acabar tan pronto, pensó el observador desde su puesto de vigilancia excavado en la arena.

—Será mejor que nos demos prisa, ¿no crees, Mucalinda?

La cobra se arrolló a su cintura y le trepó por el pecho, levantando la cabeza a la altura de su hombro huesudo. Svasti corrió como un rayo. A su llegada los caballos escarbaron el polvo con los cascos y relincharon nerviosamente. Los loros y otros animalejos amaestrados también se alborotaron, pero bastó con que Svasti se tocara la punta de la nariz para que esos saltos y cotorreos cesaran de golpe. Sólo los animales se habían perca-

166

tado de su llegada. El muchacho se quedó mirando la caravana, muerto de risa, seguro de que con tanto barullo no le habían oído llegar. Al final se decidió a hablar.

—¡Bienvenidas a mi reino, señoras saltimbanquis! Mis hermanos y yo estamos encantados de conoceros.

Las muchachas enmudecieron al ver a la extraña pareja. No sabían qué les daba más miedo, si el chico o la finísima lengua bifurcada que entraba y salía como una flecha de la boca de la serpiente. Vasudatta, haciendo de tripas corazón, entabló conversación.

—¿De qué hermanos hablas? No vemos a nadie más.

—Los que están muertos y hablan conmigo y con la serpiente.

—¿Quieres decir que sabes comunicarte con los espíritus? —preguntó Lawanja.

Svasti no contestó. Aunque esa mujer, a la luz del sol, le parecía como las demás, en el aparente interés de su mirada advertía una fuerza desconocida y perversa, una frialdad infinita. Estornudó una, dos, tres veces. Chasqueó los dedos y escupió. Las demás volvieron la cabeza, irritadas por la ofensa. Lawanja no quiso repetir su pregunta, y desde entonces procuró hablar lo menos posible.

—Tú debes de ser el niño mago del que tanto hemos oído hablar, ¿a que sí?

Claro de Luna le hizo la pregunta con un tono de admiración que complació a Svasti.

—Sí, somos nosotros: Mucalinda y yo tenemos el poder de transformarnos en los cuatro elementos. Somos agua, fuego, tierra y aire.

—¡Sensacional! Nadie sería capaz de tal cosa.

—Antes de sorprenderte tendrías que verlo —replicó secamente Svasti.

—Ardemos en deseos. ¿Cuándo podrás concedernos ese honor?

—Hoy, ni hablar. ¿No habéis leído el letrero?

Sólo Lawanja echó un rápido vistazo al cartel con el rabillo del ojo e inmediatamente volvió a mirar al niño. Pero no abrió la boca.

—Si queréis que os haga una demostración de mis poderes, tenéis que llevarme con vosotras. Tengo asuntos pendientes por estos parajes, y necesito viajar en vuestra caravana —continuó Svasti.

A Satva, que no soltaba la caja de caudales, le brillaron las pupilas. Las demás tampoco acababan de creer que se les presentara tan fácilmente una ocasión de las que no pueden desaprovecharse. Aunque el chico era raro, prepotente y estaba sucio y harapiento, si aceptara participar en su función el prestigio de la estrafalaria compañía subiría como la espuma.

Sin preguntarle cuáles eran esos asuntos pendientes, y sobre todo a qué parajes se refería, le subieron al carromato apretujándose en los asientos para dejarle sitio. Svasti se puso cómodo en el amplio espacio que le habían dejado, junto a las jaulas de los animales pequeños. Aunque Mucalinda, la cobra, se mantenía inmóvil, arrollada al torso desnudo de su amo, seguía dando un poco de grima.

—¿Hace mucho que trabajas con esa…? —Satva no terminó la frase.

—Muy poco, sólo unas horas. Pero nos hemos llevado bien desde el principio.

—¡Ah!…

La exclamación se perdió en el viento. La caravana había reanudado la marcha a buen paso, y a medida que recorría el camino indicado por Svasti los ánimos empezaron a relajarse. Cuando aparecieron las primeras señales de vida en el horizonte, unos tejados de paja rodeados de una vegetación formada sobre todo por matorrales y cañas de bambú, el ambiente había vuelto a ser tan alegre y eufórico como después de la última función. Svasti bromeaba con las chicas.

Satva había empinado el codo con un resto de licor de palma que había encontrado en uno de los grandes baúles.

—¿Sabéis lo que os digo? ¡Este Svasti es un pimpollo! Qué suerte tendrá la condenada que consiga engatusarlo. ¿Y sabéis otra cosa? —añadió, con una mueca que le trabucó la voz—. Me parece que ya le he visto en alguna parte... ¡No, ya sé a quién se parece! Esos ojazos negros son clavados a los de Narayani.

—No digas bobadas, Satva —le contestó una que no había hablado hasta entonces—. ¡Con esa curda confundirías una abeja con un tigre!

—¡Chicas, vamos a cantar!

Claro de Luna marcó el compás dando palmas.

—¡Cantemos para Svasti, que oiga la canción de las putas, de las prostitutas de la alegría, porque dentro de poco daremos otra función!

Peligro de muerte

Dos hombres con trabas de caballo colgando de los cintos estaban al acecho entre las matas, admirando el destello transparente de la magnífica joya. Llevaban mucho tiempo apostados entre las ramas y el sol se acercaba al poniente. El secreto consistía en tener paciencia. El momento llegaría cuando el dueño del valioso objeto les diera la espalda.

—No puedo más, ése no mueve ni un dedo.

—¡Chitón! —dijo el otro—. Ya verás, será un trabajo de artista.

Desde que dejó el bastón en el suelo, Siddharta había estado sopesando el collar en sus manos y mirando las perlas, como embobado.

Los dos bandidos aguardaron con prudencia, hasta que el más experto le hizo una seña al otro para indicarle que había llegado el momento.

Siddharta, entre confuso y turbado, miró por última vez el collar de perlas y por fin se decidió a guardarlo en el cofre y no pensar en él durante un rato. En ese momento un fuerte golpe en la nuca le tiró al suelo, haciéndole morder el polvo. Le ataron los brazos a la espalda apretándole las muñecas. Las punzadas de dolor le recorrieron el cuerpo. Después de amarrarle también los tobillos, le dieron patadas en los costados, uno a cada lado. Siddharta oía las voces y las carcajadas vulgares de sus agresores, pero no les veía la cara.

—¡Saco de estiércol, simulas ser un monje y vas por ahí robando oro!

—Venga, suelta lo que has robado, que nosotros lo devolveremos.

El cofre había quedado bajo su cuerpo, Siddharta sentía que sus aristas se le clavaban en el pecho a cada golpe que le propinaban.

—¡Primero te mataremos a golpes y luego cogeremos las perlas!

Uno de los dos le agarró por el colodrillo y tiró de él para ponerle de rodillas. Luego, con un movimiento hábil y rápido, se apoderó del cofre.

—¡No podéis hacer eso! —trató de protestar Siddharta—. Esas perlas no son mías, pertenecen a una mujer, tengo que devolvérselas.

Le hicieron caer otra vez de bruces antes de que tuviera tiempo de ver la cara de los bandidos, que huyeron dejándolo atado y lleno de moratones.

—Las perlas, las perlas… ¿Por qué, por qué la besé?

Siddharta se retorcía por el dolor de los golpes, pero su mente estaba ofuscada por un pensamiento obsesivo: había aprovechado la enseñanza del vuelo mágico para reunirse con la mujer llamada Narayani, y en vez de aliviar sus penas se había enamorado. Lo que ella había vivido como en un sueño, para él había sido algo más. Algo que ahora le atormentaba.

Mientras se preguntaba qué le había empujado a cometer esa osadía, Siddharta fue atacado de nuevo. Esta vez los golpes fueron más violentos, provocados por un odio ciego contra el que no había defensa posible.

—¡Hemos vuelto, encanto! No nos ha bastado con pegarte. La tortura es un arte, y contigo sale muy bien.

Con la cara en el barro, Siddharta ahogaba los gritos procurando interiorizar el miedo y la humillación. ¿Quiénes eran esos individuos? ¿Acaso no habían cogido lo que querían?

Los bandidos le agarraron por el pelo embarrado, que le había crecido porque aún no había tenido ocasión de recibir otra tonsura, y le golpearon varias veces la cabeza contra el suelo. Luego le levantaron y le dejaron al lado de un árbol de tronco duro y nudoso.

—Te quedarás aquí hasta que volvamos.

Tenían la cara cruzada de cicatrices, que deformaba su expresión. Caras acuchilladas, con marcas negras, ¡como las de los brazos de Svasti! ¿Dónde estaba Svasti, y por qué no le acompañaba?

Siddharta pasó dos días con sus noches sin comer ni dormir. Le dolía la espalda, las cuerdas le apretaban y le paralizaban los brazos y el tronco, haciendo que se sintiera como un animal atado antes del sacrificio. Volverían una y otra vez…

Al amanecer del tercer día les oyó acercarse, y ni siquiera fue capaz de levantar la mirada.

—¿Por qué hoy y no ayer? —susurró Siddharta con un hilo de voz.

—¡Porque no habíamos encontrado esto!

El bandido le puso una mano en la frente y otra en la barbilla para hacerle abrir la boca, mientras su cómplice le metía una cosa dura entre la lengua y el paladar.

—Así no pasarás hambre.

Se marcharon y regresaron al rato. Era una persecución interminable, sádica y absurda como sólo puede serlo el mal.

—Aquí tienes sopa para que te hartes —dijo el que mandaba. El otro le sacó de la boca la piedra redonda, que le había producido llagas dolorosas en el paladar y en las encías enrojecidas.

—¡Escupe!

El hombre se acercó a Siddharta poniéndole en los labios una escudilla de caldo de arroz e hizo que lo sorbiera lentamente.

Mientras tragaba, Siddharta procuraba resistir el dolor que le causaba el calor en las llagas. El caldo de arroz estaba bueno y quitaba la sed. Los dos torturadores querían mantenerlo vivo. Muerto no les serviría para sus fines, que no habían revelado.

Cuando terminó de beber volvieron a meterle en la boca una piedra que casi le llegaba a la garganta. Le fallaron las fuerzas, y Siddharta dejó caer la cabeza a un lado. Estaba agotado, necesitaba dormir, pero los nervios le mantenían despierto o por lo menos lo bastante lúcido como para seguir los movimientos de los hombres. Sus pasos se alejaron en la dirección que el príncipe ya conocía bien. Se habían instalado allí cerca, para vigilarlo todo el tiempo. Desde allí le llegaban sus voces cuando no iban a verle y le dejaban solo.

El día transcurrió lento y en silencio, luego el cielo se oscureció con rapidez, tiñendo las copas más altas de los árboles con pinceladas opalescentes. Siddharta tenía la sensación de estar en el fondo de un mar, desde donde veía la luz exterior reflejada en la superficie de las olas, pero para él esa superficie estaba demasiado lejos.

Anocheció, y Siddharta se resignó a la penosa experiencia de no pegar ojo por cuarta noche consecutiva. Luego, de pronto, oyó un crujido de hojas y unos pasos que se acercaban al árbol. Llegaba alguien, y el príncipe se dispuso a recibir más golpes.

Pero los pasos eran ligeros, no le parecieron los de sus torturadores. Una figura se recortó en las sombras de la noche. ¡Un niño!

«¿Eres tú, Svasti?», quiso decir Siddharta, pero la piedra que tenía en la boca le impedía poner voz a su deseo vehemente.

Una mano pequeña rozó los labios llagados y le sacó la piedra de la boca.

—¿Te duele? —preguntó una voz de niña.

—Sí, muchísimo. ¿Puedes desatarme de este árbol, Svasti?

—No tengo nombre masculino. Soy una niña, me llamo Sujata.

—Disculpa, Sujata, me he equivocado.

—No importa, te desataré. Pero luego tengo que volver a casa, a mi camita. Si mamá no me encuentra me regañará.

La niña aflojó el nudo que ataba las muñecas de Siddharta al tronco del árbol y se marchó corriendo por donde había venido.

Siddharta no volvió a verla, ni volvió a oír las voces ni los pasos de los bandidos. La niña Sujata se había desvanecido, sólo quedaba el recuerdo de su aparición. ¿Sería una enviada del cielo? ¿Quién la había mandado en su ayuda? Los caminos del bien y el mal empezaban a entrecruzarse y ya no era tan fácil encontrar algo de coherencia y claridad en ellos.

Con las manos y las piernas libres otra vez, Siddharta se puso penosamente en pie y vio la piedra, redonda como una esfera de hierro, en la tierra fría y dura. La recogió y se adentró en el bosque encaminándose hacia el río, adonde llegaría a tiempo para las abluciones de la mañana. Después de purificarse y lavarse el cuerpo y la ropa, tiraría la piedra al agua.

Yo soy Brahma

Siddharta se quitó el vestido y entró en el río. Atraída por el plácido fluir de la corriente lenta y eterna, su mirada vagaba y se entretenía mirando los remolinos que se formaban a su lado. Con el agua por encima de la cintura, asistía a la creación y desaparición de esos círculos, perfectos y concéntricos, que nacían al agrandarse un embudo minúsculo y se atenuaban hasta disiparse por completo. Era el misterio del tiempo y los universos que nacen y mueren, nacen y mueren, infinitas veces.

Siddharta recordó la historia de Indra y las hormigas:

—Indra fue emperador y rey de los dioses. Había matado un gigantesco dragón que se escondía en las montañas y retenía el agua del cielo en su vientre sinuoso de serpiente, que en realidad estaba hecho de nubes.

»"Te mataré y haré que el agua vuelva al mundo", dijo Indra, y así lo hizo. Entonces Indra decidió construir un espléndido palacio que proclamara su gloria de rey del cielo. Convocó al dios de las artes y los oficios, que en poco tiempo erigió un castillo magnífico, digno del rey de los dioses. Pero Indra se había vuelto muy exigente, no le bastaba con esa majestuosidad y belleza, por muchos jardines, estanques y torres que hubiera.

175

»"Quiero más terrazas y más pabellones."

»El dios de las artes y los oficios, desesperado, fue a ver a Brahma, creador del universo, y le contó su problema.

»"Nunca estará satisfecho; su deseo de nuevas construcciones no tiene límite."

»"Vuelve en paz a tu casa. Verás que tu angustia acabará pronto."

»A la mañana siguiente un niño se presentó en el palacio de Indra y pidió ser recibido por el rey en persona. El guardia le acompañó. El chiquillo saludó al soberano con sus ojos brillantes, e Indra se inclinó ante él.

»"¿A qué debo tu visita?"

»El niño se acercó a un árbol y, bajando la mirada, le dijo a Indra:

»"Oh rey, he oído hablar de la magnífica obra que has ordenado construir. ¿Cuántos años crees que harán falta para terminar tu morada? Antes que tú ningún Indra ha conseguido hacer un palacio como el que deseas."

»"¿Qué estás diciendo, niño? ¿Tan numerosos son los Indra que me precedieron? ¿Y todos intentaron construir una residencia parecida a la mía?"

»El niño no apartaba la vista de las raíces del árbol, y de pronto se echó a reír.

»"¿Y ahora por qué ríes?"

»El niño volvió a sumirse, con ademán pensativo, en la profunda meditación que daba brillo a sus ojos.

»"Reía al ver el hormiguero, la fila interminable de insectos laboriosos."

»"¿Y por qué te hacen reír?"

»"Conocí a cada uno de estos seres. Cada hormiga era un Indra, en los reinos anteriores al tuyo. ¿Puede eso dar una idea de cuántos se sucedieron en el trono y cuántos desaparecieron después de reinar sobre los dioses? Hay quien sabe contar los granos de arena que hay en el mundo, o las gotas de lluvia, pero nadie sabe contar a todos los Indra que se convirtieron en hormigas."

»Indra se entristeció.

Mientras Siddharta recordaba esta historia, casi no quería llegar al final, como si frenando su pensamiento pudiera evitar que el rey de los dioses se entristeciera aún más. Pero el niño siguió hablando en su mente.

—Igual que tú, oh Indra, estas hormigas ascendieron por sus piadosos actos al rango de rey de los dioses. Pero ahora, después de muchos renacimientos, todas se han convertido en hormigas. El bien y el mal se suceden en ciclos infinitos, como burbujas de agua de seres que sueñan.

»"¿Y quién puede librarse de este sueño, chico?"

»"Sólo los sabios, porque no se apegan al bien ni al mal. Los sabios no se apegan a nada y sólo ellos esquivan la muerte. Pero tú estás demasiado apegado a tu palacio como para no morir."

»"¿Quién eres tú, niño, que me has dado esta terrible lección?"

»"Soy Brahma, yo también he nacido, yo también he muerto."

Un paso necesario

Las imágenes del relato de cómo el propio Indra, dios de los dioses, fue humillado por su ambición, se apagaron en la mente de Siddharta, y su lugar fue ocupado por los remolinos densos y turbios del río.

Siddharta llevaba en la mano derecha la piedra que le había causado dolor. Quería lanzarla, pero el presentimiento de que iba a cometer un error se lo impedía. La piedra trazó en el aire una corta parábola y se hundió en el agua a poca distancia. La fuerza sagrada del río purificaría el mal contenido en ella.

Pero la piedra no llegó a tocar el fondo, pues las ondas concéntricas que se agrandaban en la superficie opusieron una extraña y repentina resistencia a la corriente. El remolino se cristalizó en círculos perfilados de rojo que, a diferencia de los demás, no se abrían ni se cerraban, sino permanecían quietos ante la mirada atónita del príncipe. Mientras éste contaba el número de circunferencias concéntricas, asombrado por su inmovilidad, se oyó una voz. Una voz cercana o lejanísima, que tenía la sonoridad distorsionada del eco.

—Tu gesto, que pretendía ser impreciso e incluso distraído, en realidad forma parte de un plan mucho más amplio.

La voz procedía del río, pero también del cielo y del rocío de la mañana. Esa voz estaba en todas partes.

—Siddharta, mira atentamente este remolino inmóvil y perfecto.

—¿Quién se esconde detrás de esa voz? Veo el remolino, pero no a quien me habla. ¿Seré yo, que estoy hablando conmigo mismo?

La voz proseguía, sin prestar atención a la vacilaciones y las dudas.

—Cuenta los ocho círculos que lo forman.

—Ya los he contado —dijo Siddharta.

—Observa el de fuera. ¿Qué ves?

—Las murallas y la puerta por la que huí.

—Bien. En efecto, ésta es la primera prueba que has superado. ¿Qué sucede después?

—En el séptimo círculo veo la cara de Svasti, los signos de los *chakra* pintados en su cuerpo. ¿Era la segunda prueba que debía superar?

—Sí —confirmó la voz—. El encuentro con la selva es el encuentro con una víctima inocente que aún podría salvarse del mal.

A Siddharta la palabra «inocente» le pareció poco apropiada para definir la cabeza hueca de Svasti.

—Svasti está vivo y es libre de ir donde le plazca —dijo, y luego siguió enumerando los círculos y meditando sobre su significado. Se veía a sí mismo atrapado en ese remolino, como en el centro de un número preciso de pruebas superadas y otras, desconocidas, por superar.

—En el sexto círculo leo la redondez de una esfera de plomo. En el quinto el pulimento de las perlas. En el cuarto el redondel de la piedra.

—Y en el tercer círculo, ¿qué ves?

—No veo nada.

—El tercer círculo, te lo diré, es la forma que toma la serpiente, símbolo de lo infinito y la eternidad que estás buscando.

—Todavía no veo ese infinito.

—No lo ves porque yo he dispuesto que no lo vieras.

—¿Y quién eres tú, que tienes ese poder sobre mí?

—Soy tu voluntad y tu tentación a la vez. Si besaste a esa mujer fue porque yo dispuse que la encontraras y te enamoraras de ella. Ahora tienes que decidir lo que vas a hacer: si quieres superar el tercer círculo, el segundo y el último.

—Quiero llegar hasta el final.

—¿A costa de renunciar al amor de Narayani?

—Sólo quiero ayudarla, ya conozco todas los matices del amor. Amé a esa mujer en todas mis vidas pasadas, siempre era la misma, la he reconocido: los mismos ojos, el mismo pelo; su sufrimiento y su fuerza, siempre los mismos. Pero ahora que mi meta es otra ya no llamo amor a lo que ella sigue buscando en mí.

—¿Qué ves en el tercer círculo, Siddharta?

—Veo la compasión.

En cuanto Siddharta pronunció esa palabra el agua se retiró y tragó el remolino, y desapareció todo rastro de los reflejos rojos que se habían encendido en la oscura superficie del río.

Siddharta terminó la ablución del alba, se vistió y caminó hasta llegar a un lugar donde el agua se estancaba formando aguazales y ciénagas. Allí se detuvo y los vio. Permanecían inmóviles, como si el tiempo no existiera, con las piernas metidas en el agua estancada de una ciénaga infestada de moscas y mosquitos. Vio los surcos de las arrugas en sus caras y el relieve de sus gruesas venas hinchadas en sus brazos huesudos, las pestañas polvorientas y las bocas abrasadas por el sol. Los hombres eran cuatro, o no, había otro que Siddharta vio al final porque estaba sumergido hasta la frente. Tenían el cuello y los hombros cubiertos de picaduras de insectos, y la espesa charca parecía formada con la sangre que brotaba de esos miles de picaduras. Siddharta nunca había visto sangre de ese color, tan pardo y apagado que se confundía con el de la ciénaga.

Esos hombres eran auténticos renunciantes, comprendió el príncipe, y las excoriaciones de donde manaba la sangre no parecían causarles ninguna molestia. Practicaban la superación absoluta del dolor y del apego a los deseos del cuerpo. Siddharta quería que le aceptaran. Se mantuvo apartado, mirándoles desde lejos, pero uno de ellos, al percatarse de la firme voluntad contenida en la mirada del príncipe, se le acercó, pálido por el hambre y las privaciones.

—Tu cuerpo todavía siente dolor, un dolor que para mí ha perdido su significado.

—Deseo practicar tu disciplina —dijo Siddharta.

—¿Estás dispuesto a dormir sobre la tierra desnuda?

—Estoy dispuesto.

—¿Estás dispuesto a soportar el calor y el frío, la lluvia y el sol abrasador, el viento y la inmovilidad asfixiante del aire?

Siddharta asintió, era lo que estaba buscando.

—¿Estás dispuesto a soportar el hambre y la sed y a separarte del cuerpo con la muerte?

—Estoy dispuesto.

—Entonces deja tu bolsa en el suelo y siéntate con nosotros.

La austeridad y severidad de ese pantano le dejaron helado. Por primera vez se dio cuenta de que su espíritu y su cuerpo necesitaban una disciplina despiadada. Sintió que sólo en ese paraje, por recóndito y miserable que fuera, y de ningún otro modo, superaría la turbación de su alma, que aún era un obstáculo para su enfrentamiento con Mara.

—Narayani, mi amor imposible, te pido perdón. A partir de ahora Siddharta empieza a separarse de ti. A partir de este momento intentaré olvidarte.

El cuchillo del pan

Svasti era un mentiroso. Las chicas de la caravana se dieron cuenta enseguida. Pero esas mentiras les habían venido bien. Gracias a él habían salido de esa tierra árida que apestaba a muerto, y siguiendo sus indicaciones habían llegado a otras aldeas, donde pudieron dar su función. Pero después de muchas discusiones sobre el chico decidieron, de común acuerdo, no dar mucho crédito a sus aventuras y sus sueños.

La tierra desierta donde se habían encontrado con él no era su reino, y los hermanos muertos sólo eran una de sus muchas fantasías, como la de que sabía leer. El abstruso letrero, a causa del cual se había producido esa zapatiesta en pleno desierto, seguía siendo un misterio para ellas, como el lugar hacia donde se dirigían.

—¡Nos hemos perdido! Estamos dando vueltas en redondo —se quejaba Vasudatta—. Todas estas aldeas son iguales, las casas y las calles parecen siempre las mismas. Llevo horas guiando estos malditos caballos, sudan como condenados, pero parece que no se mueven.

—Aquí cerca hay una aldea llamada Uruvela donde vive mi amiga Sujata con su madre —explicaba Svasti a una de las mu-

182

chachas, que estaba colocándose unas plumas largas en el dorso de la chaqueta.

—Ésa todavía le hace caso… —comentaban en el fondo del carromato—. ¿Cuándo dejará de ser tan simple y crédula Claro de Luna? Ni siquiera se ha dado cuenta de que el niño ha perdido su cobra. ¡Conque Mucalinda, la que se convierte en fuego y aire! Ya ya, valiente reptil acartonado que sólo servía para que se lo merendaran los chacales. ¡Suerte que murió, de lo contrario aún tendríamos entre los pies a esa serpiente asquerosa! ¡Conque números de circo! Al final no haremos ni siquiera nuestros espectáculos.

—Vamos, Satva, no seas tan quejica. Al fin y al cabo Svasti es huérfano, es comprensible que se dé importancia. Desde luego no es un niño normal, debemos adoptarlo como si fuera nuestro hijo. Es simpático, y nos admira tal como somos. ¡Qué más podrían pedir unas putas!

La caravana se detuvo junto a una hilera de casas, la mayoría de las cuales parecían aún en obras. Muchas de ellas no tenían ventanas, y las fachadas revocadas de los cimientos al tejado daban a las calles medio desiertas una apariencia aún más espectral. Las casas estaban junto a la orilla sinuosa de un río. Su corriente, quizá por efecto de los rayos de luz, como se decían unas a otras las muchachas al observar asombradas el fenómeno, parecía ir cuesta arriba.

Las viajeras estaban cansadas y decidieron hacer una parada. Cuando cada cual hubo descargado su baúl del carro para dedicarse tranquilamente a lavar la ropa y remendar los trajes, algunas se reunieron para ensayar los pasos y la coreografía de los bailes.

Svasti parecía aburrido. No le gustaba la cesta que le habían regalado para meter el cadáver de su cobra, le parecía de lo más inadecuada para un contenido tan importante. Miró a su alrededor, y de pronto encontró lo que buscaba. Se colocó la cesta en la cabeza y se dirigió hacia un arbolillo. Dejó la cesta en el suelo y empezó a cavar junto a las raíces. Claro de Luna, que le había visto, se le acercó.

—Svasti, ésta es una higuera. Tienes que dejar que las raíces se agarren bien al suelo, si cavas tan hondo impedirás que el árbol crezca fuerte y sano.

—No. Tengo que enterrar a Mucalinda.

—Por aquí hay más árboles, y mejores que éste.

—Quiero éste. Mucalinda es mía y tengo que enterrarla aquí.

—Haz lo que quieras.

Svasti cavó un hoyo cuatro veces más profundo que la altura de la cesta.

—¿Y ahora?

—Ahora la enterraré.

—¿Así por las buenas, sin rezar ni siquiera una oración?

—¿Qué es una oración?

—Son historias cortas que se cuentan cuando muere una criatura a la que amamos, o cuando nace. Se dicen para protegerla. Las dicen las madres, los padres o los hermanos, pero también se dicen oraciones por los amigos.

—No sé ninguna. ¿Y tú, Claro de Luna, sabes alguna oración?

—Yo tampoco.

—Lástima. ¿Ahora cómo entierro a Mucalinda? ¿Por qué no me cuentas algo de tu madre? Quizá sea una historia que le interese a Mucalinda y la proteja.

—¿Mi madre? —preguntó Claro de Luna, desconcertada.

—Sí, cuando eras niña seguro que tenías una madre.

Claro de Luna pensó que Svasti, en cambio, no sabía quién era la suya. Sintió lástima y quiso complacerle.

—La historia de mi madre —dijo titubeando— no es adecuada para ti, porque todavía eres un niño. Sería mejor que hasta yo misma la hubiera olvidado.

—Has dicho que es por Mucalinda, no por mí —replicó Svasti.

—Está bien.

Lo único que podía contar Claro de Luna era la historia bastante triste de su madre que había acabado en la cárcel por matar a su marido. Sus facciones se endurecieron cuando le vino a la memoria la noche del suceso.

—Aquella noche estaba jugando con mi hermana, y como siempre a esas horas estábamos esperando a que volviera mi padre de afilar el cuchillo del pan. Papá volvió tarde, como de costumbre, y mi madre le regañó, le dijo que era la última vez que le permitía cortar el pan para sus hijas. Porque cuando salía no iba a afilar el cuchillo, sino a beber y a acostarse con otras mujeres más guapas que mi madre. Esa noche ni siquiera había bebido, dijo mi padre. Mi madre contestó que ir con mujeres y beber era lo mismo. «¡Mira!», y abrió la puerta de la alcoba. Dentro había tres mujeres muy jóvenes atadas a la cama, amordazadas tan fuerte que casi se estaban ahogando.

»"¿Las reconoces?", le gritó mi madre a mi padre. Él salió de casa dando un portazo, dijo que no volvería a poner el pie allí. La mesa estaba puesta y mi hermana y yo nos sentamos. Mamá nos dijo que esperásemos, que ella iría a afilar el cuchillo para cortar el pan. Nos quedamos allí sentadas, mirando la hogaza entera, pero mamá no venía. Entonces yo alargué los brazos y rompí la hogaza con las manos para darle un pedazo a mi hermanita. Pero cuando me volví para dárselo vi que había desaparecido, ya no estaba en casa. Entré en la habitación donde estaban las tres mujeres atadas. Vi sus caras amordazadas llenas de lágrimas y las solté. "¿Por qué lloráis?", les pregunté. "¡Lloramos por ti, pobre niña!" "¿Y por qué lloráis por mí, que estoy en mi casa, mientras que vosotras no tenéis?" "Nosotras estamos acostumbradas desde hace mucho a no tener casa, y ahora nuestro sufrimiento ha pasado. En cambio tú, dentro de un momento, tendrás que enfrentarte al hecho de no volver a ver a tu padre, a tu madre ni a tu hermanita, y al perder a tu familia también perderás tu casa." "No es verdad.

Papá y mamá y mi hermana han ido a afilar el cuchillo para cortar el pan."

»Se había hecho muy tarde, las tres mujeres y yo acabábamos de comernos toda la hogaza, teníamos demasiada hambre para esperar a que trajeran el cuchillo, cuando dieron unos golpes fuertes a la puerta. Entraron tres guardias, y uno llevaba en la mano el cuchillo del pan manchado de sangre. "¿De quién es el cuchillo?" "¡Es mío!", contesté. Los guardias dijeron: "Entonces debes de ser la hermana de la niña que hemos sacado moribunda del río. Antes de morir nos dijo que te diéramos el cuchillo, que a partir de ahora serás tú quien corte el pan. Y vosotras, ¿quiénes sois?", preguntaron los guardias a las mujeres después de entregarme el cuchillo. "Somos las tías de la niña, contadnos lo que ha ocurrido." Los guardias se les acercaron y les cuchichearon algo para que yo no les oyera. Pero una de las mujeres me hizo una seña para que me acercara. Luego dijo, dirigiéndose a los demás: "La niña tiene que saber la verdad. ¿Por qué ocultársela, por qué ocultar lo que ya sabe? Claro de Luna", me dijo, "¿sabes qué ha pasado?".

»"Sí. El cuchillo está manchado con la sangre de mi padre. Mi madre lo ha matado y lo ha tirado al río. Mi hermana se ha tirado detrás de mi padre y ha encontrado el cuchillo."

»"Eso es exactamente lo que ha pasado. Por eso tu madre está en la cárcel y no se sabe cuándo saldrá." Cuando se marcharon los guardias yo me eché a llorar. Las mujeres trataron de consolarme: "¿Por qué lloras, niña?". "Lloro por mi madre, porque en un momento ha perdido a su marido, a sus dos hijas y su casa. Y todo por darme a mí el cuchillo del pan." Las tres mujeres me levantaron en volandas, me mimaron y me acicalaron con flores y pulseras. "¡Ahora eres de las nuestras, Claro de Luna! Ya verás, con nosotras estarás muy bien. ¡Ya has entendido que las putas no lloran nunca por ellas mismas, sino por las desgracias de los demás!" Así fue como salí de mi casa y fui acogida desde pequeña en la Casa del Placer.

—¿Sabes quiénes eran esas tres? —le preguntó Claro de Luna a Svasti, que la escuchaba boquiabierto.

—¿Quiénes eran?

—Una era la Madre, el ama; la otra Vasudatta, la que guía los caballos, tú ya la conoces; y la tercera era la más hermosa, se llama Narayani y ahora es reina. Te ha faltado poco para conocerla, se separó de la caravana antes de que aparecieras tú. Gracias a ella estamos vivas, porque Narayani sabía que la destrucción de la Ciudad de las Serpientes era inminente.

Al oír el nombre de su madre, el odio ofuscó a Svasti. Era un odio repentino y lacerante. Esa Claro de Luna era una bruja, y le había contado la historia a propósito para hacerle rabiar. Él no era estúpido, sabía que no tenía una verdadera madre. Svasti arrojó la cesta en el hoyo y la cubrió de arena, pateando con rabia: la cobra Mucalinda estaba enterrada para siempre bajo la higuera.

—¡Detesto a todas las mujeres, odio a las putas! ¡Narayani ha matado, es una asesina!

Claro de Luna no entendía nada y le miró con recelo. Svasti no razonaba como un niño de once años, era como si su mente recibiese mensajes de un mundo misterioso y lejano. A menudo se alejaba, presa de súbitos furores y ataques de ira más fuertes que él. Pero le daba demasiado miedo pensar que estaba endemoniado. La joven intentó disculparse.

—No tenía que haberte contado esa historia. Te he puesto más triste y he estropeado el momento solemne de la sepultura de tu amiga la serpiente. Lo siento mucho.

—No. ¡Al contrario, has hecho bien, era divertido! A Mucalinda le ha gustado mucho oír la historia de la mujer que mata a su marido. Pero ahora tengo que irme, ya te dije que tenía una cita.

Claro de Luna ni siquiera le vio desaparecer, porque sus compañeras la llamaron a voces.

—¿Qué ha pasado? ¿Por qué chilláis así? —gritaba mientras corría hacia ellas.

—Lawanja ha desaparecido, no sabemos dónde está. Hemos buscado por todas partes, y sólo faltaba que tú también te perdieras. Vamos, hay que ponerse en camino. Llama al mocoso, estamos hartas de este sitio.

—Svasti se ha ido y ya no volverá con nosotras.

—¡No digas tonterías! —dijo Satva, impaciente.

—El niño hace lo que quiere, dice que tiene una cita por aquí.

—¿Por aquí? ¿Quién vive en un sitio como éste?

—Svasti se ha marchado para siempre.

Se oyó una algarabía de voces y llamadas procedentes del carromato. Las muchachas se disponían a partir.

—Eh, vosotras dos, ¿queréis dejar de charlar? —refunfuñó Vasudatta, sentada en el pescante—. Nos vamos de este condenado lugar. No esperamos más. ¡Si falta alguien, que se fastidie!

Las dos últimas mujeres, Satva y Claro de Luna, se subieron al carro. Los caballos partieron al galope y la caravana se alejó en medio de una gran polvareda. Era una carrera alegre y alocada, como la vida arriesgada de esas mujeres.

—Te lo diré por última vez, Claro de Luna: la primera regla de la Caravana de las 64 Virtudes es: saber llegar y saber decir adiós —Satva siguió contando monedas, satisfecha con su sabiduría, y gritó a sus compañeras—: ¿Queremos encontrar ese sitio donde nos haremos de oro, sí o no?

Svasti llegó al final del camino. No se había vuelto ni una vez a ver la partida de la caravana. Las mujeres le habían servido para acompañarlo hasta allí. El lugar de su cita era Uruvela. Sujata, la niña que se le había aparecido en sueños, no tardaría en llegar a la encrucijada.

Hermano, hermana

Sujata llegó. Bajó tranquilamente por la cuesta hasta donde terminaba el camino, y él estaba allí esperándola, como le había prometido.

—Estoy aquí, Svasti. Me llamaste y he venido enseguida.

Era una niña con el pelo muy corto, que le dejaba al descubierto el cuello largo y gracioso.

—Aún no te ha crecido el pelo, desde entonces.

—No —dijo duramente Sujata.

—Mejor así. Estás más guapa.

—No te burles. Sabes que me gustaría que me llegaran hasta los hombros, como a las otras niñas.

—Pero tú eres distinta, Sujata.

—De eso quería hablarte. Ya no me siento tan distinta. No quiero hacer lo que me mandas. Ahora quiero entender. ¿Por qué hiciste que le dijera esas cosas a Siddharta cuando miraba los ocho círculos en el río?

—Lo hice para que se acordara de mí y del daño que le ha hecho a mi madre.

—Entonces, ¿antes por qué hiciste que le regalara el collar de perlas al maestro Alara Kalama, si sabías que Siddharta lo usaría para volver con ella?

Svasti no contestó.

—Y por último, ¿por qué me mandaste a salvarlo de los bandidos?

—Sujata, no te dije que lo salvaras. Te dije que miraras cuando le mataran.

—Oye, Svasti, no lo entiendo: ¿a Siddharta le quieres o le odias?

—No puedo decírtelo. Recibo las órdenes del Gran Padre y del dios Mara, y nunca me pregunto por qué debo cumplirlas. Sujata, tú y yo no somos libres de hacer lo que queramos, porque pertenecemos a los reinos de las ilusiones y las magias.

—Eso no es lo que dice Siddharta. Además, estoy harta, y he venido a decírtelo. Me gustaría que me creciera el pelo y también los pechos, y no quiero seguir siendo tan flaca.

Svasti bajó la mirada y por primera vez se dio cuenta de que Sujata, hija de la selva y de las telarañas, tenía unos pezones redondos que se le marcaban en los velos del sari. Una súbita sensación de calor le subió por las rodillas y le enrojeció la cara. Titubeó, porque tenía deseos de acercarse, se sentía atraído por su modo de hablar. Al final consiguió preguntarle lo que más le inquietaba.

—Sujata, ¿te has enamorado de Siddharta?

—¿Cómo voy a enamorarme, si he nacido y vivido en los sueños de los hombres?

—Los demás también, y todos nos enamoramos. Eso es lo que hemos aprendido del príncipe Siddharta. ¿No te acuerdas?

—Yo no estaba ahí, no he aprendido nada. Tú soñaste conmigo después, mucho después: hoy, en este preciso momento.

—Soñaba con Narayani, mi madre, y en cambio apareciste tú.

—No seas mentiroso.

—Es verdad, te he mentido. Soñaba contigo, como Siddharta sueña con Narayani y la hace sufrir.

—Como yo. Tú me haces sufrir a mí —dijo Sujata.

—Es una rueda que da vueltas sin parar. Los magos gobiernan la rueda, sus encantamientos hacen que los niños y los adultos se persigan sin parar en sueños y en la realidad, y que lo confundan todo para no encontrarse nunca al final. Todo eso da miedo y es doloroso.

—¡Ya está bien! ¿Cuántos son esos magos?

—Tantos como los hombres.

—¿Quieres decir que en cada hombre hay un mago?

—Hay un mago y hay un dios. Eso también me lo enseñó Siddharta a través de su mente, que nos entiende a cada uno y comprende todo el universo.

—Si es así, entonces estoy enamorada de Siddharta.

—Lo sabía. Todos están enamorados de él.

—Y tú estás celoso.

—Siddharta es el único capaz de detener esa rueda y dejar de ser un mago. Cuando lo haga para sí mismo, se lo enseñará a los demás. Entonces los celos y el sufrimiento no tendrán razón de existir.

—¡Pero si tú dejas de ser un mago y Siddharta también, yo ya no estaré! Eso no me gusta, Svasti, yo... yo...

De los ojos de la pequeña Sujata resbalaron lágrimas de verdad. Había empezado a entender la dureza de su suerte.

—No quiero acabar como tu madre Narayani. No quiero ser esclava de los magos, ir y venir en los sueños de los hombres, a merced de sus deseos. ¿Qué puedo hacer para ser una Sujata de verdad, con pelo que crece, pechos y todo lo demás?

—¿Cómo quieres que te conteste yo, que estoy en el lado de los magos?

—Entonces me iré y no volveré. Iré a ver a Siddharta, para que me lo diga él.

—Ten cuidado, Sujata. Si Mara se entera de que has sido tú, te matará.

—Diré que me has mandado tú.

Sujata se disponía a alejarse del camino, pero la detuvo una sonora carcajada seguida de extraños ruidos que parecían estornudos. En ese momento, al pie de la colina, apareció Lawanja.

—Pobres niños, no sabéis lo que decís. ¿Qué se puede esperar de dos personas tan jóvenes? Os he estado escuchando, ha sido una discusión muy interesante. ¿Qué tendría que inventarme yo, entonces, para ocultar el dolor de haber sido abandonada por mis amigas, que han partido ya en su caravana? Tú, Svasti, te lo puedes imaginar, has visto cuánto las quería.

Aunque era el interpelado, Svasti fue incapaz de articular palabra.

—Entonces, ¿por qué —continuó Lawanja— le creas ilusiones a esta niña con palabras de amor?

—¿Quién eres? —preguntó Sujata, intimidada por la presencia de esa mujer de pelo larguísimo y abundante que le caía sobre la cara.

—Pregúntale a Svasti quién soy —contestó Lawanja con tono insinuante y siniestro—. Después de lo que ha sido capaz de revelar, creo que a estas alturas ya sabe quién soy. ¿No es verdad, Svasti?

Svasti se sintió observado por Sujata, que le miraba como a alguien sorprendido con las manos en la masa.

—Verás, pequeña Sujata, tú eres demasiado joven para algunas cosas. Dirás que Svasti también es un niño. Pero él ha tenido muchas más experiencias que tú; está… digamos… un poco más comprometido con la vida. ¡Además hoy es un día triste para él, acaba de enterrar a su compañera Mucalinda, la cobra a la que tanto quería!

Los sonidos melifluos de esa voz llegaban a los oídos de Svasti, quien por un momento esperó que Sujata también lo entendiera, pero se desengañó al ver que la niña se dejaba engatusar por Lawanja.

—Por lo tanto, pequeña Sujata, te pediría que nos dejaras un rato a solas. Svasti y yo debemos volver al árbol, y a ti no te está permitido ir.

—Lo entiendo. Es muy triste que se te muera un buen amigo. Gracias, Lawanja, por ayudarme a entender el dolor de Svasti.

—Eres una niña muy lista, Sujata; que los dioses te acompañen.

Cuando estuvo con Svasti al pie del árbol, Lawanja le miró a los ojos.

—A ver, ¿dónde la has enterrado? Cuidadito con decir mentiras esta vez.

—Aquí. Aquí yace Mucalinda.

Señaló el montón de tierra que recordaba haber pisado.

—Todavía están mis huellas.

—Ya sabes lo que tienes que hacer. No creo que haga falta repetirte las órdenes del Gran Padre.

—Conozco las órdenes de Mara.

—Está bien, hermano, entonces te dejo y volveré cuando haya llegado el momento.

«¿Hermano? ¿Qué se habrá creído?», pensó Svasti y se echó a llorar. Agachado junto a las raíces del árbol, con sus pequeñas manos recogía todos los pequeños seres que vivían en ellas. Luego debía obstruir los canales y cortar el contacto con los veneros del agua subterránea, hasta que la savia de las hojas y las ramas se secara. Pero ese árbol, destinado a guardar el secreto de la magia, no moriría nunca.

Hombre de fango

—La comunidad existe desde que existe esta ciénaga. Se puede decir que nació en virtud de ella: nosotros, hombres desnudos, somos hijos de este fango, y al revés, el fango es nuestro hijo.

Rudraka, el gurú de los ascetas renunciantes, no ejercía su autoridad sobre sus discípulos, ninguno tenía más importancia que otro en el ejercicio del espíritu.

—Domar la carne es el único modo de purificar el espíritu y obtener la clarividencia. El cuerpo, con sus bajos instintos y sus deseos insaciables, nos aparta de la verdad que une a cada uno de nosotros con la infinitud del universo y nos hace ser parte de ella.

Eran prácticas austeras y radicales, palabras frías y severas. Aunque Siddharta sabía que se había detenido en ese lugar justamente para conseguir esa desvinculación total de la carne mencionada por Rudraka, los dictados del asceta no le llegaban directamente al corazón, como la doctrina de Alara Kalama. Entre la voz de Rudraka y su escucha había una cortina de otros sonidos e imágenes que le distraían. Más que dejarse convencer por la teoría que le enseñaba, le parecía importante mirar los pies de Rudraka, que se hundían mucho más que los suyos en el agua estancada. En ese hecho brutal y concreto consistía su debilidad, su inferioridad con respecto al maestro.

—Mis pies sienten asco cuando perciben la humedad de este limo viscoso. Estoy acostumbrado a la limpieza y a protegerme de los insectos —admitió Siddharta con franqueza, interrumpiendo la disquisición sobre el espíritu.

—Los insectos y el barro viscoso sienten más asco de ti que tú de ellos. Al limo también le desagrada tu cuerpo, ¿qué creías? Tú, Siddharta, que quieres elevar tu mente, hablas como no lo haría ni siquiera un niño mimado.

Siddharta, que estaba sentado al borde del agua, se adelantó y se hundió hasta que ya no sintió las piernas, de tan desagradable que era la sensación de calor húmedo y suciedad. Pasó el tiempo, Rudraka estaba callado y no hacía el menor caso del novicio sentado a su lado. Siddharta sabía que le tenía presente, pero era como si el hombre de piel arrugada y ojos hundidos en las órbitas le dijera: «No me importa lo más mínimo lo que sienta tu cuerpo. Mientras tus preocupaciones sean tan limitadas, nosotros no tenemos nada que decirnos». Entonces, ¿por qué le había tratado con esa confianza y le había acogido entre sus discípulos?, se preguntaba Siddharta.

Ni siquiera él lo sabía, le dijo Rudraka más adelante. Quizá porque había leído en sus ojos una fuerza superior a la de todos sus discípulos juntos. No sabía explicarse la razón, pero estaba claro que Siddharta acabaría teniendo una capacidad de abstinencia que le colocaría en el límite de la muerte. Siddharta sabía lo que era la muerte, pensaba Rudraka, y conocía el anhelo ascético de ir a su encuentro. Todo esto se lo dijo mucho tiempo después, cuando ya habían pasado diez meses desde el comienzo del noviciado.

Una nube negra de mosquitos se levantó amenazadoramente del pantano, atraída por los hombros desnudos y el cuello de Siddharta. El príncipe permaneció totalmente inmóvil, mirando el temblor de una luz macilenta sobre la superficie del agua. Los insectos le cubrieron de picaduras, que le hincharon los labios y los párpados.

—Rudraka, te agradezco que hayas hablado bien de mí a los insectos. Aún no merecía tanta consideración de tu parte.

—Tendrás mucho tiempo para agradecérmelo, Siddharta.

Eso era sólo el principio. Siddharta sabía que su piel se pondría como la de Rudraka, el cráneo igual de horrible y mondo, las costillas, tan marcadas como las suyas, se podrían contar una a una. Al verlo sería imposible no sentir repugnancia.

—¿De modo —dijo Rudraka, continuando una conversación que había quedado interrumpida— que estás aquí para olvidar a una mujer?

—Sí. Pero tampoco es exactamente como se podría pensar.

—Me has dicho que eres un príncipe. En algún sitio siguen estando tu corona, tu cómodo lecho con almohadones y una calle de losas doradas para que arrastres por ellas la cola de tus lujosos mantos.

—Era un príncipe, pero ya no lo soy. No he dejado sólo un palacio, sino también una esposa y un hijo.

—Deja que adivine: ¿has cometido un pecado con esa mujer y quieres arrepentirte para volver con tus seres queridos hecho un santo?

—Narayani ya no es lo que ha sido para mí. No es el afán de poner orden en mi vida terrenal lo que me incita a ser asceta; mi meta está escrita en este signo.

Siddharta se levantó y mostró a Rudraka el signo de su nacimiento. Cuando el maestro vio la rueda celeste marcada en el pie del novicio, enmudeció. ¿Cómo no lo había entendido antes?

—Mi meta es obtener el despertar, aquí, ahora, en esta vida. Líbrame de la inquietud, del deseo del cuerpo y el espíritu y de la seducción que ejerce sobre mí. Si no me tuvieran atrapado, ¿acaso habría aceptado como regalo un collar de perlas? ¿Acaso habría abandonado a un niño huérfano que buscaba protección? ¿Acaso sería aún blanco del mal?

—¿Y quién no lo es, Siddharta?

—Quiero saber cómo extirpar el dolor, para vaciarlo y hacerlo inocuo, sin sentido, como tú, Rudraka, has dejado sin sentido la picadura del insecto en tu cara y los aguijonazos del hambre en tu estómago. Me has preguntado por esa mujer, Narayani, y te hablaré de ella. Me he cruzado con ella en todas mis vidas, y es mi ansiedad, la mitad sin la cual me sentía incompleto. No podía ser hoja sin buscar la gota de lluvia: ella era esa gota de lluvia. No podía ser pobre si no hubiera existido el rico: ella era ese rico. No podía ser ladrón y no podía ser rey, y ella era todo lo que me definía. Tal ha sido siempre el significado de nuestro amor, pero como las vidas que nos unen son infinitas, ¿dónde crees que acabaría nuestra búsqueda recíproca, como no fuera en un eterno anhelo de vivir y morir cada vez?

Rudraka no hablaba.

—Si siguiéramos estando separados, nos buscaríamos continuamente pero sin llegar a rozarnos y conocernos de verdad. La noche persigue al día, las olas a la playa, el verdadero encuentro no dura ni un instante siquiera, el resto es sufrimiento. Narayani todavía no entiende que mi meta es alcanzar la iluminación, hacer que todo el universo resida en mi interior, y derribar las barreras que me separan de todos los seres, para poder ser todas mis vidas a la vez, hoja y lluvia, ola y arena. ¿Y sabes para qué, Rudraka?

—No, yo no puedo saberlo. Dímelo tú, príncipe Siddharta.

—Para que ese beso pueda durar eternamente. Y es más, mucho más que un sueño.

El asceta no creía lo que estaba oyendo, nunca habría imaginado que ese hombre, que había emprendido con determinación el camino de la santidad, pudiera conocer tan a fondo las dulces palabras del amor.

—¿Qué beso?

—El beso que ella cree haber soñado, mientras que yo aún tengo la sensación de sus labios en los míos. Yo estaba con Narayani cuando bajó del coche y al pie de la escalinata del palacio esperaba a mi mujer Yasodhara y a mi padre ciego, y se fijaba en todos los rostros esperando volver a ver el mío.

—El deseo llevó a tu mente en su presencia.

—El amor, Rudraka. Tengo que dominarlo, y tendré que decirle a Narayani que deje de buscarme. He hecho una elección, y ella también tendrá que hacerla: espero que se decida por su hijo, el pequeño Svasti.

Después de esas confesiones pasaron varias semanas, muchas lunas se pusieron detrás de las colinas donde, como puntos lejanos, se veían aquí y allá los tejados de las cabañas campesinas. Durante las largas noches de vigilia Siddharta, que practicaba asiduamente el rígido retiro ascético de Rudraka, miraba esas casas y pensaba en el cansancio de los hombres y las mujeres que labraban la tierra. También pensaba en su felicidad por tener un techo bajo el cual descansar, pero al mismo tiempo estaba seguro de que ellos no veían esa felicidad como la veía él.

Siddharta había adelgazado mucho, todos los días quitaba un poco de arroz de su única comida, y pensaba seguir así hasta que le bastara con un solo grano de arroz. El hambre le producía alucinaciones y fortísimos dolores de cabeza.

—Ya has hecho muchos progresos, ninguno de nosotros alcanzó en tan poco tiempo tu estado de abstinencia. No extremes el ayuno.

Se lo decía Rudraka, al verlo cada vez más débil. Pero nada podía parar a Siddharta en su búsqueda de esa meditación pura, en su lucha contra los deseos y las necesidades elementales del cuerpo. Para él lo único que ya existía era el desprendimiento de las cosas terrenales. Aun a costa de pasar muchos años en esa condición extrema, Siddharta ya sólo quería descubrir los poderes secretos de su mente, conocer la esencia que trasciende la carne. No dudaría en esperar el tiempo necesario, aunque fueran decenas de años, para conseguir lo que él llamaba su Despertar.

Rudraka veía cómo se consumía el joven cuerpo de Siddharta, cómo se le hundían los ojos y se le pegaba la lengua al paladar reseco por la sed excesiva. Ya no era el cuerpo vigoroso del día en que el recién llegado se había quitado la ropa y había entrado con él en la ciénaga. Pero la mente se fortalecía sin cesar. Siddharta ya era un verdadero asceta.

Había algo que para Rudraka seguía siendo un misterio: ¿cómo un hombre tan fuerte, capaz de negar y abandonar la seducción de la carne y de iluminar su meditación con una luz divina, y el que había pronunciado las palabras más hermosas de amor por una mujer, podían ser el mismo?

TERCERA PARTE

El reto de los renunciantes

Seis años después…

El sol sembraba resplandores cobrizos en la ciénaga, las cimas de los cerros ya estaban oscurecidas por las primeras sombras de la noche. En los ojos de los ascetas se leía la preocupación.

—¿De qué tenéis miedo? ¿Acaso no os he dado en todos estos años pruebas de que podéis fiaros de mí?

—Sin duda, Siddharta. Nadie ha sobrepasado tanto como tú los límites del miedo y las privaciones del cuerpo. Has sido un ejemplo del ascetismo más rígido. Pero esta noche no es como las demás, es la noche de los chacales.

—No tengo miedo. Ya os he dicho que me quedaré aquí fuera, y si los perros salvajes quieren devorarme, seré su comida.

Los seis ascetas cruzaron miradas de resignación, y dos de ellos encendieron una hoguera al lado del príncipe. Pero el suelo estaba demasiado mojado y la leña sólo crepitó durante un rato, luego las últimas brasas se apagaron en la oscuridad. Los ascetas se retiraron a sus austeros refugios protegidos por una pared de piedra, al pie de los cuales se extendía la ciénaga indefensa. Detrás de la pared asomaban la nuca de Siddharta y sus hombros rígidos, en la posición de la calma. El príncipe miraba fijamente un punto en medio del fango. Los ojos amarillos de los perros salvajes destellaban en un círculo alrededor de su figura inmóvil, desde las cuevas los ascetas oían sus lastimeros gruñidos.

Siddharta se encogía en su cuerpo demacrado y esquelético, un sudor frío le recorría las vértebras, que eran un bloque de mármol, su lengua abrasada por la sed temblaba contra el paladar. Durante el día sólo había comido guayaba marchita y estiércol de búfalo, renunciando a las frugalidades de los otros ascetas para fortalecerse y ser capaz de enfrentarse a esa noche terrible. Debilitado por la fiebre y la falta de sueño, sabía que no tenía posibilidades de resistir el ataque de esos seres sanguinarios, que conocían bien el hedor de los ayunos.

Los ruidos sigilosos en la espesura indicaba que los chacales le habían rodeado. Su baba caía en los surcos que escarbaban con sus patas cortas y desgarbadas. Los ladridos y los aullidos, cada vez más fuertes e insistentes, se habían convertido en un coro ensordecedor. Los ascetas dieron la espalda a la pared de piedra y se sumieron en un silencio total. No querían asistir a la horrible escena. Al día siguiente llorarían por Siddharta, pero en ese momento les faltaba valor para soportar la visión de la matanza. Ese suicidio era algo absurdo, incluso para un asceta como él.

En el viento cálido de la primera luna de primavera resonaron gritos semejantes a voces humanas. Estaba por llegar otra estación, y guardarían un largo luto por su hermano, que en adelante ya no les sorprendería más con las proezas de su mente, firme e imbatible en la lucha contra los peligros mortales.

La tenue claridad del alba, que rayaba detrás de una extraña neblina, trajo la calma. De los chacales ya sólo quedaba el ladrido lejano e inofensivo del viejo jefe de la manada en la cuesta de la colina. La noche al borde de la ciénaga también había acabado para ellos.

—¿Estás seguro, Vappa? Me parece tan imposible… Entonces, lo que oímos anoche…

—¡Te digo que está vivo! Tiene el pelo y la barba llenos de sangre, pero Siddharta me ha hablado e incluso me ha sonreído. Rápido, vamos con él.

—No te creo, es absurdo. ¿Cómo se las habrá arreglado para sobrevivir?

Los seis ascetas se encaminaron tímidamente, con sus piernas como palitroques, todos juntos: a la felicidad de ver a Siddharta vivo se sumaba la curiosidad por saber cómo había ocurrido el último prodigio. Cuando llegaron al pantano su sorpresa fue mayúscula: no sólo se había librado de la muerte, sino que además tenía compañía, estaba hablando con una familia de campesinos y no parecía dispuesto a interrumpir su conversación, ni siquiera para devolver los saludos.

—¿Dónde está la cabaña?

—Está a varias millas de aquí, en dirección a la primera aldea.

—¿Cómo se llama la aldea?

—En realidad no es una verdadera aldea… —siguió explicando el hombre del ancho sombrero de paja que le protegía la cara congestionada por el calor—. Hace algún tiempo se instalaron allí unos constructores y lo llenaron todo de obras. Dicen que les ha mandado el rey Bimbisara en persona, con orden de ampliar y embellecer las estructuras del reino. Magadha, según nos han asegurado, va a anexionarse extensos territorios limítrofes, y el rey quiere impresionar a sus nuevos súbditos con los grandiosos palacios de sus ciudades y la anchura de sus calzadas.

—¡Pero díselo todo! —le interrumpió la mujer—. ¡Van a ser nuestra ruina, usurpan nuestras tierras, nos insultan por la pobreza en la que vivimos y son los primeros en quitarnos el pan de la boca! Si Uruvela se convierte en una ciudad, los campos ya no darán fruto y nosotros no sabremos adónde ir. ¡Qué cabaña ni qué niño muerto! ¿Por qué no le dices al santón que nuestra casa ha sido derribada?

—Cálmate, mujer, no temas. Conozco el lugar del que hablas y a los hombres que han venido a echaros de vuestras tierras.

Dicen que son constructores enviados por el rey Bimbisara, pero te aseguro que esos hombres sin rostro mueven piedras que no pesan y levantan monumentos tan frágiles como el vidrio. Dentro de unas semanas —explicó Siddharta, a sabiendas de que también les estaba explicando la novedad de su decisión a los ascetas, que escuchaban algo apartados las quejas de los campesinos— iré personalmente a Uruvela, para comprobar la inconsistencia de esos muros de cristal y esos palacios ilusorios. Podéis volver a vuestras cabañas, y seguir con vuestra vida de siempre y el trabajo que os ha dado tantas fatigas y satisfacciones. Sentaos en las casas construidas por los viejos y consideradlas tan auténticas y sólidas como vuestros arados. Pasará mucho tiempo antes de que alguien os diga que tenéis que marcharos de allí. Por otro lado, hacéis bien en no creer que una morada dure eternamente, disponéos también a viajar y a reconstruir cientos de cabañas allí donde haya una tierra digna de acogeros.

Las palabras de Siddharta tranquilizaron a los campesinos, les dieron ánimos para enfrentarse a las dificultades, y la seguridad de haber recibido una gran enseñanza. Enfrente, los ascetas estaban más preocupados que nunca por él, que, a pesar de sus privaciones, no había dudado, una vez más, en dispensar serenidad y compasión a quienes le pedían ayuda. ¿Quién era en realidad ese Siddharta? Nadie podía entender cómo desaparecían las heridas de su cuerpo.

—Enseñadme a vuestro hijo.

La madre.acercó a Siddharta el bulto que llevaba colgado del cuello y le enseñó la frente del crío.

—Bendigo a esta criatura que a pesar de sus pocos meses de vida ha recorrido un largo camino, alejándose de su casa para venir a verme. Su sueño me recuerda el día en que nació mi hijo, el pequeño Rahula, cuando le abandoné sin atreverme a mirarle mientras dormía. Rahula ya habrá crecido, mi mujer Yasodhara le está criando con el amor que le he enseñado. Mañana es su cumpleaños.

En cuanto los dos campesinos se alejaron con el niño que había recibido la bendición de Siddharta, el asceta Assaji tomó la palabra.

—Siddharta, ¿de modo que nos dejas?

—Durante estos años, junto a vosotros, he buscado la muerte una y mil veces. En cada ocasión me ha parecido deseable y más hermosa, por eso la muerte no me ha querido —dijo Siddharta.

Vappa se inclinó para rogarle que no se marchara.

—Estás demasiado cansado para moverte, no llegarías ni siquiera a ese árbol. Has soportado la dura lucha contra los chacales, tu carne no les ha saciado y tu lucidez es la de siempre. Pero estoy seguro de que si te levantaras las piernas no te sostendrían.

—Tienes razón, Vappa, y precisamente por eso he decidido marcharme. La noche pasada, rodeado por los chacales, lo comprendí. Al privarme de las fuerzas del cuerpo la mente también se ha debilitado. Durante todos los años que he pasado aquí atormentándome con la abstinencia he olvidado a esos campesinos y he permitido que les quitaran las casas y ocuparan sus tierras para hacer parques y jardines donde sólo crecen frutos venenosos.

—¿Qué dices? Esa pobre gente no puede entender lo difícil que es alcanzar la pureza espiritual.

—No. Pero ¿de qué sirve entender cuando al alargar la mano para coger el fruto que has cultivado sólo encuentras polvo y veneno? Si no llego a Uruvela antes que ellos, les sucederá lo mismo a todas las familias de campesinos que se disponen a celebrar la primavera.

—Nunca nos hablaste de esas intenciones tuyas.

—¿Cómo iba a hacerlo si yo mismo no lo he sabido hasta esta noche? Fueron precisamente los chacales, con sus horribles ladridos y sus colmillos afilados que buscaban carne donde sólo hallaron mis duros huesos, los que me revelaron la existencia de raíces que se hunden en los venenos de la tierra. Entonces tranquilicé a los chacales, les prometí que iría a extirpar ese mal. Si queréis podéis seguirme, podéis cortaros esas barbas y esas greñas tan sucias y enredadas como las mías, lavar vuestra ropa y volver a comer.

Siddharta miró por encima de la ciénaga.

—¿Veis esa vereda?

—Lleva a la casa de los pastores. ¿Por qué nos la indicas?

—Allí ordeñan una leche de cabra riquísima, durante los largos ayunos y las meditaciones varias veces me pareció que la saboreaba, y debo decir que me ayudó mucho saber que alguien se alimentaba con ella para dar vigor a sus brazos. Quiero acercarme esas chozas y pedirles un tazón de leche a los pastores.

Eso ya era demasiado. Los ascetas estaban perdiendo la confianza en aquel a quien ya empezaban a considerar su maestro. ¡Seis años de ascetismo para volver a mendigar leche a los primeros pastores que aparecían por los contornos! Ninguno quiso seguir a Siddharta y renunciar a la doctrina.

—Veréis —continuó Siddharta, levantándose cansinamente de su asiento y arreglándose lo mejor posible antes de su inminente partida—, muchas veces, como ahora, me veía reflejado en el agua del pantano y no reconocía mi propia imagen. Conté uno a uno los huesos del espectro que me miraba. ¡Yo no puedo ser ése, me dije, no tengo tantos huesos! Conté el número de picaduras de escorpiones y culebras en mi piel, y también me contesté que yo no podía ser el hombre que había soportado todas esas heridas. Por último, me vi contando los días y la cantidad de privaciones a las que me estaba sometiendo. Entonces entendí que ése no es el camino para obtener el Despertar. El alma que desea la muerte es demasiado feliz. Y cuando la muerte, que también es cosa de magia, tarda en llegar, el alma se vuelve ansiosa, voraz. No hay diferencia entre el que anhela los placeres de la carne y el que desea elevar su espíritu al conocimiento de la muerte: ni el uno ni el otro aceptan la realidad y la verdad de las cosas. La vida ligera y consciente requiere equilibrio, no excesos. Y si esto que os estoy diciendo os parece demasiado vulgar, os contestaré con una despedida aún más sincera. Voy a beber leche para recuperar mi peso normal, porque para caminar se necesitan músculos.

Siddharta cogió el bastón y echó a andar apoyándose en él y dando traspiés, hasta que su paso se hizo algo menos vacilante.

Los ascetas, que seguían sin entender, levantaron la barbilla fingiendo una indiferencia que ya les pesaba. El que durante años había luchado contra los chacales y los aguijonazos del hambre, se marchaba aduciendo motivos de una vulgaridad propia de un niño: quería beber leche.

Vuelta a la vida

—¡Bueno! —dijo en voz alta—. Pues ahora, a beber esa leche, a cuidar de nuevo mi cuerpo y mi aspecto.

Siddharta trataba de darse ánimos mientras avanzaba por la orilla guijarrosa del río Naranjana en un espléndido día de mayo. El aire era fresco y agradable. Ya veía las siluetas de las casas de los pastores a las que se dirigía, cuatro chozas adosadas y perpendiculares a la cuesta. En la parte de atrás se veían las portezuelas que daban a las majadas, con un ir y venir de mujeres que llevaban fardos de heno y ordeñaderos de forma ovalada. A primera vista no había nada raro, el trajín con el ganado era lo más normal en la vida de los pastores. Pero en esa normalidad había un detalle que llamó la atención de Siddharta. Antes de entrar en las casas, o nada más salir, las mujeres miraban a otro lado, todas en la misma dirección, y parecía que esa mirada las distraía un momento de sus ocupaciones.

Mientras avanzaba hacia las chozas de los pastores, Siddharta había mirado varias veces en esa imprecisa dirección, procurando ver lo que tanto atraía a las mujeres. Pero por más que tratara de averiguar, aparte de una pradera normal de hierba *kusa* y esas cuatro chozas no observó nada insólito. Fuera lo que fuese, aquello debía estar más allá de su campo visual. Además Siddharta empezaba a sentir el cansancio de la caminata a la que su cuerpo de asceta, debilitado por la meditación y la inmovilidad, no estaba acostumbrado. Volvió a mirar el agua del río que corría formando espuma entre los cañizales y le entraron fuertes deseos de bañarse, lavarse y lavar bien la ropa para tener un aspecto presentable.

Así lo hizo. Nunca le había parecido tan tonificante y agradable un baño en el río. Bendijo y dio las gracias a ese agua viva que, a diferencia de la de la ciénaga que había dejado atrás, corría sin cesar al encuentro de los obstáculos y, por lo tanto, de la vida. Haciendo pie en una piedra y rodeado de algas, sumergía el largo cabello que pronto se cortaría de nuevo, y le estaba infinitamente agradecido al río, portador de valores profundos y ejemplares.

Un repentino malestar frenó el entusiasmo y el optimismo demasiado fácil de Siddharta. Estaba demasiado extenuado y débil para soportar el esfuerzo de una breve inmersión. Se le nubló la vista y su corazón latió con fuerza, dándole punzadas de dolor en el pecho. No resistió. Con un último esfuerzo trató de agarrarse a la rama de un sauce que se extendía junto a la orilla, pero su mano tembló y resbaló. Al caer se dio un golpe en la cabeza y perdió el conocimiento. Estuvo flotando en el agua, inerte, como un tronco de árbol arrastrado por la corriente. El agua le entraba y salía de la boca impidiéndole respirar. Cayó la noche en sus ojos; una blancura borrosa y lejana, como de una sábana ondeando al viento: ahí estaba la muerte con su llamada.

Pasó el tiempo. Hasta que una mano delicada, dotada de un confortable calor humano, le acarició la frente. ¿Quién era? ¿Era tan dulce la muerte?

No era un sueño, y tampoco real. Era el favor de un destino sembrado a lo largo de infinidad de vidas anteriores, era la necesidad de que se alcanzara la meta de su nacimiento milagroso y hacer que, en ese trance, la que estaba en la orilla del Naranjana fuera la misma que en el pasado había salvado la vida a Siddharta.

Sujata tenía quince años, y el pelo aún no le había crecido, como ella deseaba. Sus pechos también eran demasiado inmaduros para una muchacha de su edad, y verse tan lisa seguía sin gustarle.

—¡Qué flaco estás! —susurró dulcemente al oído del príncipe, al notar que despertaba.

Le había sacado del río. Se había metido en el agua hasta coger el brazo que había intentado agarrar la rama de sauce y aún estaba extendido. Aunque Siddharta era un hombre más bien alto, había cargado con él sin ningún esfuerzo.

—Tienes el peso de una pluma, seguro que yo peso más que tú.

Siddharta sentía la suave hierba de almohada. Abrió los ojos lentamente, y vio a la muchacha. Ella le había desnudado, pero no se sentía violenta ante su cuerpo desnudo, estaba demasiado ocupada tratando de arreglarle el vestido y lavándolo en el río.

—La tela está raída, habrá que conseguir un vestido nuevo. ¡Mira! Las manchas no se van ni siquiera con mi piedra, la que uso siempre para restregar la ropa.

—Tienes razón —fue lo único que acertó a decir Siddharta cuando vio la piedra que le enseñaba la muchacha. Porque ese gesto le impidió seguir hablando de la ropa. Él conocía esa piedra, procedía del pasado, de un recuerdo lejano demasiado evocado y presente, como sólo pueden serlo las viejas heridas.

—¿Dónde has encontrado esa piedra? ¿Ha sido siempre tuya?

A pesar de tener todo el cuerpo dolorido y los labios abrasados por la fiebre, Siddharta se había recuperado un poco, conseguía hablar con claridad, y quería aclarar la cuestión.

—Es mía desde la última vez que nos vimos. Hace años. Es la piedra redonda que te habían metido en la boca los bandidos, y que luego tiraste al río, cuando te libraste también del collar de perlas. Ahora ya te has librado de todo excepto de esta piedra y de la maldad de los constructores.

Sujata contestaba con aplomo y, como mandaba su naturaleza de mujer creada por los sueños e ilusiones de los magos, aparecía delante de un hombre que sabía viajar con la mente, entrando y saliendo de la realidad. Pero él, Sujata se dio cuenta enseguida, no era un mago como los demás. Siddharta iba más allá de las cosas, sobrepasaba todos los límites, hasta el de la propia magia. ¿Y si había encontrado al mago adecuado? Él sí que podía hacer que le creciera el pelo, que le floreciesen los pechos y todo lo demás…

—Si te digo de dónde viene esta piedra, ¿me puedes hacer de verdad? ¿Puedes hacer que me crezca un pelo largo y rizado sobre los hombros, como las grandes redes de los pescadores?

—Sujata, tú ya eres muy bonita y verdadera. Para mí lo eres. Además, creo que sé de dónde viene esa piedra. Pero tengo que pedirte un favor.

—Sí, dime. Por ti haré lo que sea.

—Estoy muy débil, Sujata, tengo mucha sed. Ve a las chozas de los pastores y pídeles una taza de leche. Te estaré muy agradecido.

—Claro, claro. Enseguida voy.

La muchacha desapareció sin decir nada más. Había dejado la piedra junto a Siddharta.

—Si esta piedra remonta la corriente del río, es que está cerca el momento del Despertar. Si sigue aguas abajo, es que ese momento aún está lejos —dijo Siddharta en voz alta.

Al cabo de un rato Sujata volvió con una escudilla de leche recién ordeñada y se la acercó a los labios, apartándole de la frente los mechones largos y estropeados que se disponía a cortar sólo porque él se lo había pedido. Luego contó hasta tres y se atrevió a hacerle la pregunta.

—La dejé a tu lado y ahora no está. ¿Adónde ha ido a parar esa piedra redonda, Siddharta? Es peligroso perderla.

213

—No creas, mira allí. —Siddharta le señaló la parte alta del río—. La piedra que he tirado al río ha remontado la corriente y se ha posado al lado de ésas.

—¿Ésas, cuáles? ¿Qué son esos brillos de metal?

—Es oro, Sujata. Son las escudillas de oro de los budas que me han precedido. También ellas, como la piedra, remontaron la corriente en un día especial de la vida de esos hombres.

—¿Hoy es un día especial?

Sujata estaba intrigada. Siddharta se mojaba los labios en la leche, saboreaba la bebida tibia como si la probara por primera vez.

—Hoy es el cumpleaños de Rahula, mi hijo. Y también es el cumpleaños de Svasti, tu amigo. ¿No te parece que es un día especial?

—Desde luego, pero...

Sujata no le había olvidado, no podía. El nombre de Svasti la turbó, y una sombra de tristeza pasó por su linda cara.

Siddharta cambió de tema, había que ponerse en camino.

—Ya me encuentro mucho mejor, puedo ponerme en pie. Pero la preparación no ha terminado. ¿Me acompañas hasta las chozas de los pastores? Así descansaré y me alimentaré hasta recobrar todas mis fuerzas. El reino del árbol de las Cuatro Verdades nos está esperando, Sujata. Para poder acercarnos a ese lugar y sentarnos junto a ese tronco, bajo las ramas con hojas de oro que destilan los venenos absorbidos por las ávidas raíces que se prolongan hasta el centro de la tierra, debemos volver a lo mejor de nosotros mismos, debemos ser irreprensibles tanto en el cuerpo como en el espíritu.

—Sí —fue la respuesta de Sujata.

Mientras le acompañaba a las chozas de los pastores, la muchacha notó que Siddharta miraba siempre en la misma dirección, como si estuviera buscando algo.

—¿Por qué miras a ese lado?

Siddharta le dio la vuelta a la pregunta.

—Me gustaría saber por qué las mujeres que trabajan en las chozas miran siempre en esa dirección. ¿Me lo sabrías decir tú, que has estado con los pastores?

—Bueno... —Sujata estaba un poco confusa—. Las mujeres tienen miedo de los constructores. Los manda el soberano de Uruvela, el rajá Dronodana, que quiere ampliar el reino de sus súbditos rescatados del infierno. Así esparcirá veneno por las tierras fertilizadas con el trabajo de los hombres. Por eso le temen las mujeres.

—Gracias, Sujata. Has hecho bien diciéndome la verdad.

Cerca de la primera casa, donde le salió al encuentro el olor acre, pero nada desagradable, del sudor y el estiércol de las cabras, Sujata detuvo a Siddharta.

—Ya te he traído hasta donde tú querías. Y mira, ahora... mi pelo... ahora soy una muchacha.

El último viaje

Habían pasado muchos días. Nadie recordaba cuántos, y a nadie se le ocurriría contarlos. Desde que llegara Siddharta pidiéndoles hospitalidad, las familias de los pastores, acostumbradas a oír sus enseñanzas y los relatos de su vida, tenían la secreta esperanza de que el asceta se quedara a vivir con ellos el mayor tiempo posible, o incluso para siempre.

—Desde el día en que te ofrecimos la primera escudilla de leche esos constructores intrusos han dejado de meterse en nuestros pastos. ¡Mira! han abandonado sus obras, han dejado vigas y ladrillos en lo alto de la loma y ya no han vuelto a molestarnos con los golpes de sus picos en las rocas.

—Marandeva, me gusta verte tan contenta. Prométeme que seguirás así, o por lo menos que lo intentarás.

—Siddharta, ¿tienes algo importante que decirnos? —preguntaron los hombres, preocupados. También ellos se habían reunido al anochecer alrededor de la lumbre, donde el asceta solía hablarles mientras tomaba tazas de infusiones de hierbas aromáticas.

Siddharta reanudó la conversación con tono serio y apenado. Estaba rodeado de hombres y mujeres generosos, que le colmaban de atenciones. Sintió que cundía entre ellos una sensación de nostalgia y trató de dominarla.

216

—Esta mañana se ha marchado Sujata, la muchacha que me hacía compañía y me cuidaba. Partió con la luz de la aurora reflejándose en sus largos cabellos, señal de que estoy curado y listo para ponerme en camino hacia ese reino gobernado por el insaciable soberano que envía a sus maléficos constructores a vuestras tierras.

—Pero nosotros no queremos que te vayas. ¿Cómo vamos a echar a los invasores si ya no estás aquí?

Siddharta sabía que sólo con su partida desaparecería para siempre el peligro del que hablaban los pastores. ¿Debía apresurarse, pues? ¿El reino de Maya y de la ignorancia, la causa del dolor eterno que venda los ojos de los hombres y les hace ser esclavos de sus falsedades e ilusiones, estaba expandiéndose tan deprisa? No, se dijo Siddharta, quizá le quedara tiempo para tomar otra taza de caldo caliente, para dar una última enseñanza. Y no se trataba de distraer la atención, al contrario. ¡Claro que sí! Una breve disertación sobre las mandarinas podría ser provechosa en un momento como ése.

Entre el corro de pastores y la lumbre donde hervía el agua en la olla había una cesta de mandarinas. Los comensales las cogían y las pelaban mientras conversaban. El príncipe miraba las manos, incluidas las suyas, que se adelantaban de vez en cuando para coger una mandarina y pelarla distraídamente.

—Voy a hablaros de estas mandarinas —dijo Siddharta.

El brusco cambio de tema, como de costumbre, intrigó a los oyentes. ¿Qué tenían que ver las mandarinas, en las que nadie se había fijado?

—La realidad de estas mandarinas es un milagro asombroso —prosiguió Siddharta, con esa sencillez que dejaba pasmados a quienes esperaban oír grandes palabras—. En ellas está contenido todo lo que estamos hablando, y todo el universo. Si queremos ser reales, podemos hacerlo a través de ellas. Pero si seguimos fingiendo también seguiremos haciéndolo a través de ellas. Las mandarinas son una gran oportunidad de sentirnos pre-

217

sentes ante nosotros mismos y no sufrir por nuestra estupidez. Comer conscientemente es un gran ejercicio para huir del sufrimiento y vivir plenamente, haciendo que sea verdad todo lo que amamos. Pelad la mandarina a sabiendas de que la estáis pelando, separad los gajos a sabiendas de que los estáis separando. Por último, saboread su fragancia y su dulzor, o al contrario, si su sabor es un poco agrio. Mandaravati, tú antes me diste una mandarina en la que conté nueve gajos, y este número, mientras hablaba, me ayudó a entender lo que quería decir. Esa mandarina era real, porque yo era consciente de ello. Yo me volví tan real como la mandarina que comía. Probad vosotros también.

¿Con qué secreto propósito se había fijado Siddharta en la bondad y realidad de esas mandarinas, en las que nadie había reparado hasta entonces? Todos hicieron lo que les recomendaba Siddharta. En las mandarinas aparecieron las estrellas, el sol y la lluvia que las había ayudado a crecer. En ellas entraron las hojas y las ramas que las habían sostenido, el esfuerzo y el tesón de quienes habían cuidados sus semillas. Ante los pastores se desplegó un mundo de historias y relatos del pasado, de reflexiones, que les hicieron olvidar la partida inminente de Siddharta. Las mandarinas les dieron la facultad de ver con más claridad la realidad de las cosas.

Un pastor llamado Rupaka, que nunca había brillado por su inteligencia y pasaba por ser el tonto del pueblo, un hombre que nunca se quitaba, ni siquiera para dormir, un sombrero agujereado justo en la coronilla, donde más picaban los rayos del sol, fue el primero en aprender el método de Siddharta. Contó los siete gajos de su jugosa mandarina y advirtió inmediatamente, antes que los demás, el peligro que les acechaba.

—¿Habéis oído?

Su voz alarmada interrumpió la sesión. Todos, por primera vez en su vida, prestaron atención a lo que decía Rupaka.

—¿A qué te refieres, Rupaka?

—¡Las cabras están asustadas! Sus pezuñas cocean la cerca.

—¡Es verdad! ¡Mirad! —Una mujer señaló la cerca tumbada y dos machos cabríos huyendo.

Se armó un gran alboroto, unos hombres corrieron a por los lazos mientras otros se lanzaban en persecución de los animales. Las mujeres fueron a las habitaciones de los niños para asegurarse de que no se habían despertado.

Siddharta fue el primero en alcanzar a los dos machos cabríos que habían huido del corral. Estaban muertos, uno encima del otro, junto a la orilla del río. El resto del rebaño estaba sano y salvo, y los pastores se acercaron a donde estaba Siddharta.

—¿Qué ha pasado? ¿Quién ha atacado al ganado? ¿Han sido los lobos?

—Pero no hemos oído los gruñidos, y los animales no tienen sangre. Si estuvieran heridos…

Todos esperaban con impaciencia una respuesta de Siddharta, que estaba agachado examinando el pelo áspero de los dos cabrones muertos.

—No ha sido ninguna fiera; lo que amenaza al ganado es peor —dijo, palpando con los dedos las mordeduras tapadas por los mechones de lana.

Siddharta enseñó a los hombres el signo circular de las mordeduras que habían matado a los animales. Las heridas ya habían cicatrizado y se habían puesto negras, como los costurones que cubrían los brazos de Svasti. Todo volvía, los mensajes eran claros.

—Son las marcas de una cobra. La serpiente ha venido a llamarme.

—¿De qué cobra hablas, Siddharta? No te entendemos.

—Amigos pastores: vuestras mujeres ya lo han entendido.

Las mujeres estaban de rodillas, con los ojos muy abiertos en la oscuridad de la noche. Miraban hacia lo alto, al cerro de enfrente de sus casas, donde los constructores sin rostro habían terminado su obra. Aunque nadie se había dado cuenta, incluso durante la permanencia de Siddharta los emisarios del nuevo

219

reino de Mara, edificado por el rajá Dronodana al frente de un ejército de lémures para magnificar su poder terrenal, habían seguido labrando sillares y planchas de mármol.

—Mirad lo que os amenaza desde lo alto —concluyó Siddharta.

Los hombres vieron la enorme estatua de la cobra, cuya cabeza dilatada ocultaba la luna.

—¡Es espantosa! Mañana no veremos el sol, viviremos a la sombra de esa horrible figura que nos separa del cielo.

Siddharta se echó a la espalda los dos machos cabríos, uno blanco y otro negro, y se encaminó a su nuevo destino. Se despidió de los pastores y sus mujeres, prometiéndoles esforzarse para que el tiempo de la oscuridad durase lo menos posible. Luego siguió la dirección del viento que soplaba de sur a norte, hacia la ciudad de Uruvela. Se llevaba las víctimas del sacrificio: también buscaría su liberación.

¿Quién eres, Lawanja?

En la corte del rey Bimbisara todo obedecía a un orden preciso. Si la capital del reino se regía por unas normas establecidas por los antiguos, no se debía sólo al profundo respeto y la observancia de las leyes del *dharma* sino, sobre todo, al interés por la escritura y todas las disciplinas artísticas. Rajagaha, Casa del Rey, la capital, también llamada Ciudad de las Cinco Colinas, dominaba una región floreciente y exuberante donde los artistas y los hombres de doctrina podían pasar temporadas disfrutando de la tranquilidad necesaria para sus actividades. Gracias a las visitas frecuentes de los virtuosos, las paredes de los edificios señoriales y los numerosos patios interiores del palacio real estaban llenos de obras pictóricas y escultóricas. Frescos y mosaicos decoraban los amplios salones y pavimentaban los soportales, por donde paseaban las damas de la corte recitando versos de poemas antiguos que cantaban las gestas amorosas y guerreras de los héroes legendarios.

Los más recitados eran los versos sagrados del Bhagavad Gita, el Canto del Bienaventurado, que tratan del divino Krisna y la batalla fratricida.

—¿El hombre que nació dos veces? ¿Qué significa, mi señora, este precioso verso? —preguntó la doncella a su ama al oírla cantar.

—Nacemos una vez en la naturaleza y otra en el espíritu. Todos obtienen el primer nacimiento, mientras que el segundo es sólo para los bienaventurados.

—¿Entonces Krisna es un bienaventurado?

—Quien lucha por el espíritu es un bienaventurado. Doncella, ahora olvida lo que te he dicho y observa en silencio, como enseñan los grandes sabios.

La señora regresó a sus habitaciones y sacó los lienzos de hoja de palma en los que practicaba el arte de la escritura. Los garabatos y borrones de tinta, del color rojo de las semillas de betel, contrastaban con la compostura de los recuadros pintados por los pintores a los que encargaba la preparación del material para sus poesías. Unos versos quizá insignificantes comparados con el refinamiento y la profundidad de significado de la lírica antigua, pero para esa mujer, a la que algunos habían apodado «Flauta de amor» por la melancólica dulzura de su canto, eran la única razón de su vida.

Un joven eunuco de facciones delicadas y finas cejas afeitadas, una moda aprendida de las elegantes mujeres de los guerreros, cerró la puerta tras de sí, puso unos objetos sobre una mesilla de hueso y le habló con familiaridad a su discípula. Él entendía mejor que nadie la necesidad de expresarse con el arte de la poesía que tenía esa mujer, a la que sólo le estaba permitido soñar con el verdadero amor sin poderlo consumar nunca. En efecto, su condición de eunuco, criatura frágil y sensible que tiene vedado el vínculo amoroso, le había permitido comprender de inmediato la tristeza de una inspiración poética que debía rendirse a la evidencia de un amor imposible. Un amor etéreo e irreal como el que el eunuco sentía por ella, y jamás se atrevería a confesar.

Narayani, bellísima, estaba sentada delante de sus lienzos, y su mirada ausente hablaba por ella: de su corazón había salido otra frase de amor, dedicada como siempre al príncipe Siddharta, el que la había rechazado en sueños y en la vida.

—¡Narayani, poetisa de la melancolía… mi alumna… mi amiga! Cuando tus labios pronuncian ese nombre, Siddharta, no sé si es de verdad o fruto de tus poesías.

—Las dos cosas, querido amigo… las dos cosas… —suspiró Narayani—. Escribo poesías desde los seis años. El hombre que pintan mis versos es distinto del que vive en la realidad, es un fantasma, si quieres, pero el único al que me está permitido ofrecer mi cuerpo, el único al que puedo besar y con el que puedo hacer el amor. ¡Doy las gracias de corazón al reino de Magadha y a su gran rey Bimbisara, cuya hospitalidad me ha permitido vivir por segunda vez! Si miras atentamente mis lienzos, bajo la escritura que los cubre, más allá de estos signos, encontrarás el rostro del segundo Siddharta, el mío.

Narayani era la mujer más delicada e inteligente que había pasado en mucho tiempo por la corte del rey Bimbisara. ¿Quién podía resistirse a su encanto? El eunuco fingía dureza y frialdad, pero se desesperaba por dentro. ¿Cómo iba a contarle la visita que había recibido poco antes en los patios más apartados del palacio? ¿Cómo iba a hablarle de esa muchacha enloquecida que pretendía la partida inmediata de la poetisa Narayani? Pero aún más vergonzoso sería ocultárselo. Para no cometer un acto indigno, el eunuco fue incapaz de callar.

—Narayani, no quería ser yo quien te diera esta noticia. Pero ¿a quién más habrías creído?

La aprensión del eunuco era alarmante, y Narayani palideció.

—No me tengas en ascuas, venga, ¡habla, eunuco!

—Hay una muchacha que llama a las puertas del palacio, pide con insistencia verte y no piensa marcharse mientras no te diga algo muy urgente.

—¿Cuándo he dicho yo que no quiero recibir visitas? ¿Por qué no la habéis dejado entrar?

En el tono de Narayani había irritación, y el eunuco se apresuró a contarle el resto.

—La muchacha lleva los cuernos ensangrentados de dos machos cabríos. Me ha parecido algo tan horrible que no he querido ofender tu sensibilidad…

—¡Bobadas! ¿Te parezco alguien a quien le asusta la sangre? ¿Cuándo dejarás de ser tan quejumbroso? ¡No soporto esos modales de alfeñique! No soy tan delicada, tengo alma de puta, ¿o es que no te acuerdas?

—La muchacha hará que te echen del reino, ha venido a contar tus pecados.

—Sólo los muertos no tienen pecados. Habla, antes de que yo misma vaya a buscarla.

—Verás, es que ella…

Antes de que terminara la frase el eunuco dio un chillido. La puerta se había abierto violentamente.

—¡Es ella!

—¡Lawanja! —exclamaron al unísono el joven eunuco y Narayani, volviéndose hacia la oscura figura que había irrumpido en la habitación. Luego las dos viejas compañeras de oficio se miraron como dos detenidas acusadas del mismo crimen.

—¿Qué haces aquí? —preguntó Narayani—. ¿Dónde están las demás?

Narayani la acosaba a preguntas, pero había una que no se atrevía a hacer, y era la que más le intrigaba. Lawanja no había envejecido, estaba igual que cuando se separaron, seis años antes. ¿El tiempo se había detenido sólo para ella?

El eunuco, por su parte, se tapaba los ojos para no ver esas manos ensangrentadas. La sorpresa de descubrir que aquella loca tenía algo que ver con Narayani le había dejado atónito.

—Narayani, no debes sorprenderte de que te haya encontrado en este reino. Llevo seis años buscándote, desde el día en que dejé la caravana y abandoné a las chicas a su destino. Aquel día lloré al ver a un niño, a un inocente que parecía desamparado y decía que estaba solo en el mundo desde que su madre le abandonara. A partir de entonces decidí quedarme con él y ser la madre que no tenía. Svasti no pronunció nunca el nombre de su madre —siguió mintiendo Lawanja— hasta que…

Narayani la miró horrorizada, conteniendo el aliento.

—¡Mira! —mintió Lawanja, levantando las manos con los cuernos de los animales—. Te he traído las pruebas del sacrificio. ¡A Svasti lo encontraron ahorcado en un árbol! Sus pies se balanceaban inertes sobre los dos machos cabríos sacrificados. El cuello del chico, apretado por el lazo, estaba adornado con un collar de perlas… El resto creo que te lo puedes imaginar. ¡Pobre Narayani, cuánto debes de haber sufrido en estos años!

—¿Sufrimiento, dices? ¡Ni siquiera sabes de lo que estás hablando, maldita! ¿Qué has venido a contarme?

—No es culpa mía, Narayani. Yo sólo soy una mensajera de esta crueldad que no abandona tu destino. Si no fuera por mí no te habrías enterado de nada. ¿Habrías preferido que otras manos y no las mías hubieran enterrado el cuerpo del niño? Tienes que venir conmigo, te llevaré adonde están el árbol asesino y el hombre que ha ayudado a tu hijo a matarse. ¡Siddharta! Él me habló del collar, de Svasti y de vuestro vínculo de amor. He estado buscándote inútilmente durante años, y él me ha confesado que sabía dónde podía encontrarte. ¡Ahora no puedes eludir el encuentro!

Narayani no pudo soportar las atroces punzadas de dolor que le atravesaban las entrañas. De pronto se dobló sobre sí misma y vomitó. El eunuco, horrorizado, acudió en su ayuda, pero ella le echó de allí antes de que pudiera sujetarle la frente.

—¡Vete! Déjame en paz. Todo esto no es para ti, eunuco.

Luego se puso a dar órdenes, impartidas con tal severidad que el eunuco no rechistó y juró dedicar el resto de su vida a cumplirlas y a obedecer religiosamente.

—Te confío mis lienzos y todo lo que hay mío en esta habitación. No dejes que entre nadie, que ninguna doncella toque

225

nada. En cuanto me marche, a la luz de la luna, recita en voz alta mis versos, en ellos está toda mi vida. Y no te olvides de hacer las abluciones sagradas.

Ésas fueron las últimas palabras de Narayani antes de salir de los aposentos que el rey Bimbisara le había cedido generosamente. En la inquietante compañía de la que una vez había sido su amiga, debía partir de ese lugar demasiado feliz para ir a otro en el que se habían pronunciado palabras de muerte.

—¿Quién eres, Lawanja? La verdad es que no te reconozco...

—Narayani, hermana, tal vez ahora es cuando empiezas a conocerme de verdad.

Lacónica y despiadada fue la respuesta de la mujer con cara de niña, que se disponía a llevar a Narayani de la inmensidad del reino de Magadha a otra aún mayor, las nuevas tierras del rajá Dronodana.

¡Mátame!

Un camino recto y sin obstáculos llevó a Siddharta, después de cinco días de marcha, a las puertas de la ciudad de Uruvela. Durante el viaje no sintió cansancio físico ni mental, porque todos los dioses le habían ayudado. En cada tramo del camino el príncipe había leído los buenos auspicios y la fuerza que le llegaban del cielo. En el silencio absoluto, profundo como el de los abismos marinos, las jerarquías divinas seguían emocionadas el viaje de Siddharta al lugar donde crecía el grandioso árbol de la clarividencia. Todas tenían la misma esperanza: que Siddharta, el bendito, saliera airoso del enfrentamiento con el terrible dios Mara y alcanzara definitivamente el Despertar.

Los últimos mechones del pelo cobrizo de Sujata, que le habían indicado la dirección a lo largo de todo el recorrido, yacían al pie del cartel donde estaba escrito el nombre de la ciudad en una lengua desconocida.

—Uruvela, ya he llegado. Me sentaré aquí hasta que haya vencido la ignorancia, la mía y la de todos los seres humanos —dijo Siddharta en voz alta, después de dejar los machos cabríos en el confín del reino de Mara. Ese gesto le dio miedo, sabía que no era inocente y tendría consecuencias. Dejar los machos cabríos del sacrificio en ese lugar y en ese preciso momento era como el toque de trompeta que da comienzo a la batalla. Y Mara contestó a ese grito de guerra.

Adondequiera que mirase, Siddharta veía las murallas que subían hasta el cielo y separaban esa tierra del resto del mundo. Los constructores, que junto con su jefe Dronodana asistían al mismo espectáculo, no cabían en sí de satisfacción y orgullo por su obra. Protegidos por el manto de Mara, estaban escondidos en una gruta cercana, pero lo bastante alejada como para que Siddharta no pudiera verla. Ellos también oían el estrépito metálico de las puertas que se cerraban, de los puentes que se levantaban detrás de él. Ese ruido hizo que sus ojos brillaran de placer y sus bocas se torcieran en una sonrisa siniestra, como la que surca la cara de los carceleros cuando cierran los barrotes detrás del condenado.

Los oros y diamantes reflejaban el blanco cegador del cielo en las superficies de los tejados y los pináculos de los edificios desiertos. Así era el rostro del reino de Mara. Siddharta no sabía cómo protegerse de la luz aterradora que cegaba los ojos y confundía la mente. Intentó hacerlo tapándose la cara con las manos, pero los rayos se filtraban a través de la carne y era imposible cerrar los ojos. «Mejor así, entonces —se dijo el príncipe—, no los cerraré, permanecerán abiertos y descubrirán dentro de estos muros espectrales, insidiosos como láminas de acero, el árbol que he venido a buscar y bajo el cual alcanzaré el Despertar.»

Mara, que leía sus pensamientos, no podía permanecer indiferente a la amenaza. Extendió su manto y cubrió los tejados de los palacios. Cuando el cielo se oscureció por completo, desencadenó un estruendo de rayos, truenos y estampidos infernales. Empleó todos los métodos posibles para ocultar la presencia del árbol que Siddharta pretendía encontrar a toda costa. ¿De modo que el miserable asceta se atrevía a adentrarse en el tumulto de la tormenta? ¡Pues toma tormenta! Las carcajadas de Mara, que mandaba a los vientos y las tempestades desde las cumbres nevadas hasta los desiertos, resonó por todas partes y fue contestada por los gritos de las aves rapaces, los aullidos de las fieras y el lúgubre lamento del río. La ira del dios no tenía freno.

Desaparecieron las fachadas relucientes de las casas y los reflejos de las piedras preciosas engarzadas en las paredes. ¿Por qué no conseguía avanzar un solo paso? ¿Qué era lo que doblaba su cuerpo e impedía que sus piernas sostuvieran su peso? Siddharta estaba agotado, sentía que de un momento a otro sus fuerzas le fallarían. Y sabía que el dios sólo estaba afilando el cuchillo, preparaba la serie infinita de sus instrumentos y prodigios de mago.

—¡Mara! —imprecó—. Aún no te has enfrentado a mí. Ven, pues, ven a sostener la mirada del usurpador de tu reino.

De pronto todo se tiñó de siniestros resplandores rosados y cientos de nubes, empujadas por las ráfagas de un viento gélido, le azotaron la cara. Pero cuando todo parecía haber vuelto a la calma, el alivio no duró ni una fracción de segundo, porque enseguida otras nubes cargadas de lluvia se condensaron ante los ojos de Siddharta. Un rayo rasgó el cielo e iluminó súbitamente lo que a él, y sólo a él, le estaba vedado ver.

—¡El árbol, ahí está! Ya he llegado.

Lo había visto. Gigantesco y austero, extendía sus ramas doradas por encima de las nubes y muy por debajo de los nidos de serpientes. Arreció la tormenta: un retumbo lejano que fue acercándose, rugiendo, hasta hacerse ensordecedor. El árbol había desaparecido.

—¡Es una broma infame! —gritó Siddharta.

Era la vil diversión del Mal que espera al huésped en su casa.

Debía conseguir que cesara ese huracán, esa falsa sucesión de rayos y truenos. Siddharta no tenía magia. Completamente desarmado, con la única fuerza de su mente, quería frustrar la intervención de su enemigo como lo haría un asceta puro. Recordó los cinco sueños que le habían acompañado hasta allí. Vio aparecer una tras otra las imágenes de los buenos presagios, y habló dirigiéndose a Mara y a sí mismo. Ya que también él, en ese momento, era Mara.

—El primer día soñé que estaba tendido de lado, con las rodillas rozaba el Himalaya, con la mano izquierda tocaba la orilla del mar Oriental, con la derecha la orilla del mar Occidental, y apoyaba los pies en la orilla del mar Meridional.

Al oír este sueño Mara se vio obligado a retirar las nubes y aplacar los vientos, y no volvió a caer ni una gota de lluvia. Así fue durante el tiempo que duraron los otros cuatro sueños, que corroboraron la fuerza de Siddharta al atravesar una tierra cuyos confines nadie había osado pasar. El cielo volvió a estar azul y despejado. Era la primera derrota en siglos y milenios de supremacía: Mara mostró a Siddharta el árbol de la clarividencia y le invitó a sentarse a su sombra.

La enorme higuera, con un tronco tan ancho como el de cuatro robles y unas hojas en las que cabía la cabeza de un hombre, superaba en belleza todo lo imaginable. En las ramas se formaban gotas de rocío que olían a musgo blanco. Ante ese árbol sólo se podía desear una cosa, que te envolviera y no dejar nunca de adorarlo. Siddharta dio tres pasos, y tres más, en esa dirección, y vio a Mucalinda con sus anillos enroscándose lentamente en el tronco. También la cobra, a la que tantas veces había temido en el pasado, le parecía espléndida. Sus escamas plateadas abrazaban voluptuosamente el tronco, desde las raíces hasta los frutos, como si fuera el cuerpo de un amante. Siddharta no tuvo miedo y siguió avanzando hacia el árbol. Se dispuso a sentarse y meditar.

Pero justo en ese momento se dio cuenta de lo ilusoria que era la calma y lo amenazador que era el silencio. La voz asustada de alguien que le miraba a los ojos le impidió avanzar. El sonido de las palabras le llegaba deformado, debido a un lazo que mantenía abierta la boca del individuo y le ataba la cabeza al tronco, pero Siddharta pudo entender lo que le decía. En el tono de esa voz se notaba una urgencia desgarradora y la dignidad de un condenado a muerte.

—No es verdad, no puedes ser tú. No. ¡Tú no! Ya voy, pequeño amigo, te ayudaré.

Siddharta desató los nudos que ataban al muchacho al árbol de la clarividencia. Svasti sonrió con la misma expresión, descarada e implorante a la vez, que tenía ese día ya lejano en que le recibió cuando celebraba el misterioso ritual de los pétalos rojos.

—Sabía que me ibas a encontrar aquí. No puede ser una sorpresa para ti. Y también sabes quién está allí, dentro de esa gruta.

Svasti había crecido, ahora ya era un hombre joven. A Siddharta le pareció hermoso como un príncipe, y no sólo en el aspecto. El hijo de Narayani era la encarnación de Arjuna, el héroe cantado en los poemas, había nacido para entablar las duras batallas del espíritu y no temía perder, a lo largo de su ardua existencia, los bienes preciados que le brindara la vida.

—Lo sé, Svasti. Tú y yo somos iguales en esto. Tú tampoco temes alejarte para siempre de tu madre. Narayani nos mira desde las grietas de esa gruta, ella también quiere conocer la naturaleza de estas raíces, el sabor de estos frutos. Pero sobre ella pende la amenaza de Dronodana: es capaz de matarla si yo resisto una sola noche bajo este árbol. Pero no temas, no ocurrirá.

—No lo entiendes, Siddharta. Yo ya no puedo ser tu amigo. En estos años he introducido venenos en el tronco de este árbol, lo he cultivado con odio y desesperación. He cedido a mi naturaleza maligna, no he seguido tus enseñanzas.

—No es verdad, mientes. Puedo demostrártelo, ¿quieres la prueba? Pues bien, apártate y vela toda la noche junto a mí. Verás si soy capaz o no de vencer a Mara.

—Te creo, no hacen falta pruebas. Esta vez la apuesta es mucho más alta.

Hubo un momento espantoso de silencio. Lo peor estaba por llegar. Svasti prosiguió.

—He vendido mi alma a Mucalinda, se la he dado al árbol de las Cuatro Verdades. Por eso, si aún pretendes alcanzar la

231

meta que te ha traído hasta aquí, ante todo tendrás que matarme. Mátame, Siddharta. Sólo así alcanzarás el Despertar.

Un crujir de hojas interrumpió el horrible desafío. Siddharta se volvió para ver quién era y oyó las palabras de Svasti dirigidas a la recién llegada.

—Ven, Sujata. Ven aquí y dale el puñal a nuestro amigo común.

La muchacha avanzó tímidamente, y sin pronunciar palabra dejó el arma en las manos de Siddharta. El príncipe, con el brazo tembloroso, la miró y luego miró a Svasti.

—¿Es que no oís? ¿No llegan hasta vosotros las risas? ¿Tan fácilmente os rendís a las provocaciones de Mara? No es propio de ti, Svasti. No es propio de ti, Sujata.

Pero más allá del silencio sólo había más silencio. Muros y muros de silencio. El dios maléfico reía sólo para quien sabía reconocer su risa.

—¡Muchacha! ¡Sujata! ¡Dame ese cuchillo! —gritaba Narayani desde las paredes de la gruta, pero ser oída no estaba en su destino—. ¡Aquí no va a morir nadie! Siddharta no lo permitirá. Lo sé, no lo hará…

—¡Calla, puta! ¿No ves que tus gritos no le interesan a nadie? Nadie los oye, y me molestan mucho…

Dronodana, que a pesar de la vejez no había perdido el deseo libidinoso por esa mujer, la agarró por la garganta mientras con la otra mano le sobaba el cuerpo, hasta el vientre y los muslos, obligándola a callar y sometiéndola con la violencia de su deseo.

Al ver que ni Svasti ni Sujata estaban dispuestos a romper su sanguinario juramento, Siddharta se arrodilló al pie del árbol y preparó su mente para el sacrificio que se veía obligado a hacer. El pulso ya no le temblaba cuando hundió el puñal en su propio pecho.

Nosotros dos

El grito de Svasti hizo temblar la tierra. Cayó de rodillas al pie del árbol, junto al cuerpo de su maestro. Nunca, antes de ese momento, se había dado cuenta de lo unidos que estaban. Siddharta jamás le había abandonado. Pero ya era tarde, demasiado tarde incluso para llorar. «Esta culpa —consideró Svasti aterrorizado— es una culpa de verdad, no es cosa de magia.»

Gritó hasta quedarse sin voz, se tapó la cara con las manos: ni siquiera tenía derecho a mirar. Pero no podía quedarse allí, en esa cruel condición de impotencia, para recibir más órdenes de Mara. Comprendió que debía abandonar el ritual del dios aunque le costara la vida. Se volvió hacia Sujata. Ella, en cambio, no parecía consciente de la gravedad de la situación. Asistía a la escena casi como si fuera un juego, pero ¿cómo era posible que no lo entendiera?

—Vámonos. No somos dignos de asistir a esta muerte sagrada.

—¿Y Siddharta? ¿Se va a quedar aquí?

La muchacha seguía con la mirada los movimientos convulsos de su amigo Svasti que la incitaba a huir con él, pero había algo que la retenía. Era la sensación de estar viviendo en un sueño y la certeza de que la realidad no era tal como la veía Svasti.

233

En esa dimensión suspendida en el tiempo e infinita en el espacio, Sujata sabía que la muerte no existía. Pero Svasti la llamaba con insistencia. Vio que se marchaba corriendo y le siguió.

Svasti vagaba por ese reino recién edificado y que sin embargo ya le parecía minado por la corrosión, se metía en calles que no llevaban a ninguna parte, se detenía en el borde de puentes interrumpidos, colgados sobre el vacío. Murallas, piedras cuadradas y torres de marfil que el viento erosionaba ya con increíble velocidad, como si fuesen de arena. Sujata no perdía de vista a su compañero ni un momento y corría detrás de él. Un hoyo aislado, lejos de todo, llamó la atención de Svasti. Por fin había encontrado lo que estaba buscando. Se metió dentro, y Sujata con él.

—Aquí terminaremos nuestros días enterrados. Acabaré como mis hermanos. Quédate a mi lado, Sujata, hasta que ya no me sientas respirar. Quizá mueras tú también bajo un montón de piedras y tierra. Pero es bonito, si lo piensas bien, tan bonito como un nido de serpientes.

Svasti buscaba un castigo. Sujata se acurrucó a su lado. Estaban solos, lejos de todos.

—¿Cuándo moriremos, Svasti?

—Cuando nuestros cuerpos, sin agua ni comida, se debiliten tanto que la sangre no corra por las venas.

—Sucederá pronto. Yo ya me estoy ahogando en este hoyo sin luz.

—Esperemos que sea muy pronto, Sujata.

—Bien. Yo también quiero morir contigo.

Permanecieron largo rato en silencio. En su pequeña tumba hacía frío.

—Después de morir, ¿con qué aspecto renaceremos?

—Con qué aspecto —repitió Svasti.

La noche de las flechas

Las nubes habían desaparecido y el cielo, iluminado por las iridiscencias cristalinas que había dejado la tormenta, se cernía sobre el gran árbol como la cúpula de un templo. Era un día interminable, en el que las horas parecían durar más de lo acostumbrado. La noche parecía suspendida, sin decidirse a caer. Svasti había huido, alejándose de él y de su madre Narayani, porque ése era su destino. Siddharta no había tenido más remedio que mentir, Svasti no le había dejado elección. Había sido doloroso escenificar su propia muerte, los dioses también eran testigos; pero ese lugar sólo admitía un enfrentamiento, entre él y el dios tentador. Nadie podía interponerse en la lucha tenaz que ya duraba toda una vida. Siddharta había alcanzado la madurez de los años y el dominio del cuerpo; ahora buscaba el dominio del espíritu.

Lentamente se sacó el puñal del pecho, lo extrajo con la destreza de los faquires y la ciencia de los médicos, sin derramar una sola gota de sangre. Como perfecto conocedor de la anatomía del cuerpo humano y de las fuerzas que inhiben la circulación sanguínea, Siddharta había sabido atravesar su carne en el lugar exacto donde el arma no tocaría ningún órgano vital y penetraría sin encontrar resistencia.

235

La hierba era suave y las piernas se hundían en ella con una sensación agradable. Siddharta tomó asiento por fin en la posición tanto tiempo anhelada. Con la mente concentrada, en perfecto silencio, estaba bajo la amplia cubierta de ramas y veía, recortada en el suelo, la sombra triangular de la gran cabeza de Mucalinda, la cobra que había renacido infinitas veces. Concentró la mirada en la sombra y siguió su contorno varias veces.

Pasaron horas de silencio, inmerso en su propia mente. Era como zambullirse en el océano infinito de leche, donde el mar se diluye en el cielo y cada cosa es idéntica a su contrario. ¿Qué eran esas gotas incandescentes que destilaban de arriba? Un líquido espeso y brillante como oro fundido que desprendía un resplandor extraño y un calor aún más extraño.

Era el veneno, el jugo contenido en las raíces del árbol, y Siddharta logró verlo e interpretarlo.

—Ésta es la prueba que estaba esperando. De este color es la primera verdad del mundo.

Oscureció y comenzó la primera noche de Siddharta bajo la higuera.

—Cada nacimiento lleva consigo la muerte, cada juventud la vejez. Me llegará el turno y por mi cuerpo también correrá el veneno que gotea desde el interior de este árbol. El sufrimiento existe. Nadie puede desconocerlo.

La furia de Mara se desencadenó en el preciso momento en que fue pronunciada la odiada verdad.

El príncipe estaba a punto de descubrir las otras tres verdades del hombre, y el tronco del árbol ya notaba el beneficio de esos ojos llenos de compasión y sinceridad que lo miraban y lo entendían. Las ramas se movieron imperceptiblemente, como en señal de agradecimiento, y bajaron para proteger la cabeza de Siddharta.

—¡Maldito, caeré sobre él como un rayo! —gritó Attavada, ángel del Mal, general de los poderosos ejércitos de Mara. Una horda de soldados negros, amarillos y rojos se abalanzó a una or-

236

den suya, profiriendo andanadas de insultos y maldiciones. Mara había intervenido, y había ordenado a su inmenso ejército que destruyera a un terrible asceta. Pero cuando los guerreros vieron al hombre sentado bajo el árbol, sus risas burlonas llenaron el cielo.

—¿Vamos a desperdiciar nuestras lanzas y a disparar nuestros dardos contra ese asceta flaco? ¿Por quién nos tomas, Mara? Le mataremos con un escupitajo.

Pero cuando arrojaron sus armas y empezaron a llover las flechas envenenadas, el terror petrificó a los soldados. Ni una sola punta rozó siquiera el cuerpo inalcanzable de Siddharta. El acero afilado giraba sobre sí mismo en el aire y se detenía a un palmo de su cara, su cuello, sus rodillas y su corazón. Una vez allí, cada arma se abría en una magnífica flor. Siddharta era invulnerable. Las huestes arreciaron sus ataques, el combate duró toda la noche. Pero fue inútil: las lanzas arrojadas por sus brazos rehusaban herir.

—¡Es invencible! —decidió Attavada, y ordenó la retirada de sus tropas derrotadas.

—Eterno, lo soy por mí mismo. Amo la vida por la vida, y no lo que es estéril —dijo Siddharta.

Al amanecer del primer día supo que había vencido al más temible de los ejércitos. Vio claramente lo miserable e inútil que era la pasión de la ira.

Transcurrió el primer día, luego transcurrieron la segunda noche y la tercera. La luz que emanaba del cuerpo de Siddharta iluminaba grandes porciones del cielo, y las constelaciones se apagaban ante el resplandor de su clarividencia.

Después del ejército de Attavada, Siddharta se había enfrentado a hordas de monstruos con ojos como brasas, lenguas de fuego habían rodeado durante horas interminables su cuerpo y chamuscado la hierba en la que estaba sentado. Pero él seguía incólume, con la respiración perfecta. Los más espantosos seres infernales, capaces de arrancar la vida incluso a los inmortales, habían arremetido contra él, y ahora yacían agotados y abrasados por su propia fiebre de destrucción en ese jardín donde crecía el árbol de la clarividencia.

Si en la primera semana Siddharta había visto la existencia del dolor, en la segunda vio la causa de ese dolor. Vio todas las vidas pasadas, más numerosas que las estrellas del cielo, vio las suyas y las de todos los hombres y todos los seres. Comprendió que ninguna vida podía durar eternamente: el no saberlo era la causa del dolor.

—La nube sufre porque está apegada a su naturaleza de nube y no acepta convertirse en lluvia. Yo padecí el mismo sufrimiento cuando era un gran corsario, por temor al día en que dejara de serlo. Pero ¿qué nube permanece siempre como nube, qué corsario no deja algún día de surcar los mares? Aceptar la vida significa aceptar la transformación y la variación, aceptar que un día eres nube y al día siguiente corsario.

—Si existe la causa, también existe la cesación de la causa, la curación de la enfermedad de vivir. De modo que el sufrimiento puede tener fin —proseguía Siddharta, iluminando con su conocimiento las largas noches que pasaba junto al árbol.

Al cabo de tres semanas, ante el príncipe apareció una senda que se dividía en ocho ramales. A esa senda la llamó el camino que lleva a la cesación del sufrimiento. Los ramales de la senda se ensancharon como ríos en avenida, sus márgenes chocaron con las altas barreras de las murallas erigidas por los constructores de Mara. El ímpetu de esos ríos movió los cimientos de los palacios, bloques de mármol y torres de plomo se quebraron como frágiles cortezas de madera y se vinieron abajo más ligeros que plumas invisibles.

El reino de Mara estaba destruido, y Siddharta a punto de alcanzar el Despertar. Precisamente entonces el dios tentador decidió jugar la última carta. Su ojo vagó por los montones de escombros y comprobó que todos los monumentos y todos los baluartes indestructibles estaban derruidos. Llamó a Mucalinda. La cobra dejó el árbol al pie del cual se encontraba Siddharta y se inclinó ante el dios.

—Ordena, Mara.

—En el día más triste de nuestro reinado, te ordeno a ti, cobra sagrada, que llames a mis tres hijas, Inquietud, Deseo y Voluptuosidad, y les encomiendes la tarea de eliminar al príncipe.

Mucalinda reptó hasta la gruta, la única parte del reino que permanecía intacta, se arrolló a las columnas pintadas y llamó a las tres hijas de Mara.

Deseo se presentó con una corona de espinas apretándole el pecho. Voluptuosidad llegó cubierta de velos y moviéndolos al compás de una danza. Inquietud tenía la cara de Narayani.

Las hijas de Mara

Siddharta tocó con los ojos de la mente la infecta savia que fluía dentro del tronco. La higuera estaba renaciendo a una nueva vida, en el suero envenenado se había infiltrado el dulce néctar que destilaba de las colmenas de las abejas. Y Siddharta revivió la escena que sucedía en su mente la primera noche de batalla contra Mara.

Había entrado en la espesura de un bosque de montaña. Caminaba por un sendero entre hileras de eucaliptos. Podía ver el aire que respiraba. Le entraba por la nariz y era azul, como el que se agita sobre las olas del mar, recorría las vías respiratorias y soplaba en los pulmones. La ráfaga luminosa barría todas las impurezas a su paso. A medida que avanzaba por el sendero de los eucaliptos, la visión cada vez era más nítida. Si hacía un momento Siddharta había admirado el verde intenso de las hojas, justo después ese mismo color resplandecía como si acabara de salir de la niebla. Así, caminando hacia la luz, en un paisaje que reconfortaba el cuerpo y la mente, siguió el vuelo de una abeja que, batiendo sus alas de cristal, le indicaba una dirección. La abeja se posó en un tallo de hierba y lo hizo oscilar con un movimiento circular. Al cabo de un rato de meticuloso trabajo, la

240

abeja volvió a alzar el vuelo y llegó a la colmena. Sus compañeras la esperaban dando vueltas en círculo como pequeñas cometas de terciopelo. Siddharta se quedó fascinado.

—Mira cómo te reciben, pequeña abeja. ¡Cuánto amor has merecido este día!

Las abejas daban vueltas cada vez más rápidas, era un corro en el que se cogían de la mano, tan juntas que ya no se distinguían unas de otras. En realidad ya no estaban allí, ya no eran abejas. El disco que giraba sobre la cabeza de Siddharta se había convertido en una corona. Hilos de plata trenzados que terminaban en largas y magníficas espinas. Siddharta inclinó la cabeza y la corona se posó en ella, rodeándole la frente.

La primera tentación

En cuando se puso la corona, una mano ligera le tocó la espalda. Siddharta se volvió y vio a una novia bellísima, completamente desnuda. Ni siquiera los cabellos la cubrían. Con su cara ovalada y su cabeza redonda, era el ser más atractivo que había visto nunca. Y estaba allí, frente a él, y le sonreía en ese día de fiesta.

—¿Estás aquí por mí?

La mujer se azoró, retrocedió y se dio la vuelta, mostrando la perfección de sus formas.

—¿Qué te pasa? ¿He dicho algo que no debía? —preguntó dulcemente Siddharta.

La mujer se puso de rodillas e inclinó la cabeza. Siddharta comprendió.

—¡Claro, la corona! Aquí la tienes.

Se quitó la corona de espinas de plata y la colocó sobre la linda cabeza de la muchacha, pero vio que era demasiado ancha. Ella cogió la corona y se la ciñó en el pecho, donde ajustaba mejor. Siddharta se conmovió tanto que le dijo:

—Quédate aquí, espera a que vuelva con otros regalos. Estoy seguro de que encontraré algunos preciosos en mi bosque.

Paseó entre los eucaliptos y fue recogiendo todo lo que encontraba entre los árboles y en el suelo. Mientras tanto, pensaba con excitación en volver con la hermosa muchacha, y en lo contenta que se iba a poner cuando le entregara todos esos dones de la naturaleza: bellotas, raíces y bayas rojas para adornar su cuerpo. El bosque era cada vez más exuberante y fructificaba como a propósito para ese fin. Las cuatro estaciones se alternaron para brindarle los frutos de todo un año. Cuando llegó el invierno, un blanco y luminoso invierno de nieve, Siddharta ya estaba de vuelta. Un detalle le alarmó: la nieve en la que hundía los pies le recordó algo. Esa capa de blanco purísimo se deformaba con sus pasos y pesaba en las ramas de los árboles como nieve de verdad, pero no sentía frío. Sólo una vez había tenido una experiencia semejante, y el recuerdo le cayó encima como un manto de plomo.

Al llegar junto a la mujer, que le aguardaba más delicada y tímida que nunca, Siddharta dejó los regalos a un lado y le dijo:

—Tú y yo nos conocemos. Ya no tenemos nada que ofrecernos. Aléjate, hija de Mara, antes de que sea demasiado tarde.

—¿Tarde? No entiendo.

—Tú eres Deseo y yo soy el Iluminado. Tú eres hija del miedo y yo soy hijo de mí mismo. Ya ves si es tarde.

La opresión de la corona de espinas se hizo insoportable. Humillada, Deseo se llevó las manos al pecho con una mueca de dolor y vio que sus senos ambarinos se manchaban de sangre.

—Siddharta, reconozco tu fuerza y mi derrota. No has caído en mi tentación, el reino sigue destruido y el árbol sigue escuchándote. Me voy a llorar junto a mi padre.

Siddharta superó así la primera noche de tentación. Llegó otra noche, y el príncipe revivió la escena que sucedía en su mente la segunda noche de la batalla contra Mara.

Una sola respiración le había llevado a las cumbres de los montes, desde donde dominaba los precipicios de la tierra y recibía el primer aire de la mañana y el primero de la noche. Extendió los brazos y sintió que tocaban los confines de la tierra. Miró hacia arriba y vio que podía tocar el sol con las pestañas. Él era la causa de ese silencio y esa paz. Pero entonces, ¿quién era? ¿En qué se había convertido su cuerpo? ¿Por qué podía contemplar el mundo como si lo reflejara en su interior? Siddharta aún no sabía la respuesta. Sólo quería gozar de esa magnífica sensación que le hacía sentirse más ligero que un pájaro.

La segunda tentación

De pronto se le acercó un viejo. Tenía una barba larga y blanca, y sus ojos reflejaban toda la sabiduría del mundo.

—¡Qué bien se está aquí! Por fin he encontrado mi casa. ¡Cuánto tiempo llevaba buscando por el mundo un lugar como éste, donde mis piernas cansadas puedan reposar! Nada mejor que un glaciar para acabar mis días.

—Buen anciano, has elegido el sitio adecuado. No todos tienen tanta suerte.

Pero el viejo seguía hablando consigo mismo, y no oía otra voz que no fuera la suya elogiando la belleza del glaciar. Siddharta comprendió que el hombre no le veía ni le oía. Cuando el viejo se tendió en el hielo al sentir que había llegado su momento, Siddharta notó su peso en una parte del cuerpo. Entonces comprendió que ese magnífico glaciar era él. Todos los sabios de la tierra fueron atraídos por su luz celeste, cada uno acudió para dejar allí sus restos mortales antes de que su alma subiese al cielo.

Esas llegadas llenaban de gozo el corazón de Siddharta. El glaciar era el agua más pura, la luz más pura. Era el paso de la tierra al cielo, era la escalera celeste para las almas pías. El gla-

243

ciar en el que se había convertido era la madre de todos los hombres.

Ninguna otra condición le habría hecho más eterno. Pero ¿por qué ese viejo que llevaba una capa negra, detrás de los demás, no quería avanzar? ¿Por qué se había detenido? ¿Tenía miedo de no lograrlo? Sin embargo, la superficie del hielo no tenía grietas y todos sus predecesores habían pasado con facilidad, a pesar de que por su aspecto eran mucho más débiles que él. Siddharta le miró mejor y de pronto se estremeció por la emoción. ¡Era Arada! ¿Cómo no se había dado cuenta?

—¡Maestro! ¡Tú también has venido! ¿Por qué no te apresuras como los demás? No veo el momento de acogerte en mis brazos. ¿Ves lo alto que me ha llevado tu doctrina?

Arada abrió la capa y soltó una familia de palomas, que volaron hasta la cima del glaciar.

—Ahora que te has vuelto ciego puedes ver con los ojos verdaderos. Siddharta, ¿sigue siendo un glaciar lo que ves?

—No, amigas palomas. Decidle a Arada que lo he entendido.

Siddharta alzó la vista hacia la higuera. Mucalinda había desaparecido. La cobra se había deslizado bajo tierra y temblaba de miedo.

—Te he reconocido, hija de Mara. Voluptuosidad, la segunda, puedes quitarte esos velos que han aterrorizado a Mucalinda.

Desde las ramas más altas del árbol gritó una voz.

—¿Quién te has creído que eres, Siddharta? Yo no dejo mi nido sólo porque tú lo digas.

Siddharta atrajo a sus labios los vientos helados del glaciar que había sido y sopló en dirección a Voluptuosidad. Las muselinas que cubrían su cara y su cuerpo se levantaron un instante, la mujer sentada en la copa del árbol se quedó completamente desnuda y mostró su verdadero rostro. Bajó hasta donde estaba Siddharta, se inclinó y le besó los pies en señal de devoción.

—Siddharta, reconozco tu fuerza y mi derrota. No has caído

en mi tentación, el reino sigue destruido y el árbol sigue escuchándote. Me voy a llorar junto a mi padre, el dios Mara.

Así fue como Siddharta superó la segunda noche de tentación. Llegó otra noche, y el príncipe revivió la escena que sucedía en su mente la tercera noche de batalla contra Mara.

Cuando la tercera hija de Mara se presentó ante él, Siddharta tuvo que apartarse del árbol. Inquietud era hermosísima, tenía el rostro de todas sus mil vidas.

Las islas de Narayani

Narayani no dijo nada. Alejó al príncipe del árbol del Despertar haciendo una seña con la cabeza. En la realidad era aún más hermosa que en sueños, pero ¿qué realidad era ésa? Ante ella Siddharta borró todas sus vidas y la que había vivido hasta entonces. Había remontado el curso del río universal y había desembarcado en una era primitiva, le parecía que asistía al parto del mundo, a la primera semilla que se hunde en el seno de la tierra.

Inquietud era la amante eterna, a ella no se le podía negar lo que resultaba fácil rechazar de otras. El asceta había desaparecido en el olvido, se había desprendido de su ropa. Sin ella sólo quedaba la desnuda sencillez del hombre.

Narayani, hija de Mara, amaba desesperadamente la vida, la había encontrado por primera vez en los ojos y la sonrisa de Siddharta.

—Creía que me había enamorado de un mortal. Pero me bastó con verte la primera vez para comprender que no existe ningún hombre que antes no haya sido un dios.

La voz entonó una corta canción con este tema, y la repitió varias veces. Sonó como el floreo de una cuerda sobre el instrumento, como una dulce obsesión. Narayani la recitaba para él, para Siddharta, en ese día de fiesta. Todo el cuerpo del príncipe se encandiló, y el hechizo de la mujer ocupó todos sus pensamientos. Vestía de rojo, como una novia, e inclinaba el cuerpo a cada arranque de hilaridad y júbilo. Cuando lo hacía, por el escote del vestido se veía el canal de sus pechos. ¡Cuánta sensualidad en esa madre, hija y reina! Le señaló con la mano un lugar, al otro lado del río.

—¿Adónde me llevas? —preguntó Siddharta—. ¿Qué rincón desierto es ese que quieres enseñarme? ¿Ya hemos estado allí?

—Juntos hemos estado en todas partes, pero no allí. Ven, te sorprenderá.

El árbol, ya lejano, esperaba el regreso del Iluminado, estremeciéndose como si soplara un viento gélido. Algunas de sus hojas recientes empezaban a amarillear, los brotes dejaban de crecer, agarrotados como si temieran que por el tronco volviera a correr la savia venenosa.

Siddharta y Narayani recorrieron el camino que llevaba fuera del reino. Sus pasos marcaban el mismo compás. Al pasar el confín de Uruvela se encontraron completamente solos. Alzaron la vista y vieron que ni siquiera las aves les acompañaban. Ante ellos se extendía una llanura inmensa. Siguieron avanzando, el paisaje cambió y en el horizonte apareció un litoral rocoso y la bruma del mar. Aunque apretaron el paso, la distancia a la playa parecía infinita. Pero lo importante para los dos era que estaban juntos, tan grande era la necesidad que tenían el uno del otro.

Él, Siddharta, se habría perdido en el campo y en el bosque sin esa guía; ella, Narayani, nunca habría querido llegar adonde se dirigía sin él.

—¿Adónde vamos? —preguntaba Siddharta.

—¿Qué verdades has enunciado bajo el árbol? —preguntaba Narayani.

Silencio.

Entre la pregunta y el silencio pasaban momentos eternos

de amor. Pero también de miedo y de náuseas. Sin saber por qué, Siddharta cambió de dirección y se alejó del mar. Narayani no se apartó de él. Se sentaron en un prado. Ella extendió una pierna, invitándole a sentir la tibieza de su piel. Siddharta vio un extraño dibujo formado por las venas, justo donde la espalda bajaba en una curva armoniosa. Era como si las finas venillas azules, bajo la piel de ámbar, permanecieran suspendidas y se rompieran antes de reunirse a lo largo del cuerpo flexuoso. El encuentro de sus miradas había detenido el tiempo, él había extendido la mano para rozarle el pubis delicado, ella había mirado con detenimiento las desnudeces de su amante. Pasados esos momentos los cuerpos se alejaron, Narayani se había dado cuenta de que se estaban entreteniendo demasiado.

—Se está haciendo tarde. Esta vez debemos llegar a tiempo.

Siddharta volvió a seguirla, mientras ella señalaba el horizonte rocoso que lindaba con la inmensidad del mar.

—Llegaremos a tiempo. Pero ¿para qué, Narayani?

—Tenemos que llegar a la playa antes de que la barca zarpe sin nosotros.

—¿Te refieres a *esta* barca?

Ya habían llegado, las olas rompían en el muelle y dejaban en las rocas espejos opacos de salitre. Una barca solitaria de casco redondeado estaba amarrada con los remos recogidos. Siddharta y Narayani se dispusieron a partir, se sentían partes indivisibles de un todo. La hija de Mara fue la primera en hablar.

—Tú y yo, juntos, somos como un dios único.

Después de llevar a Siddharta hasta la playa, donde el viento había vuelto a aullar y el mar se estaba encrespando poco a poco, Narayani no había pronunciado esa palabra sin ton ni son. Un temblor recorrió sus labios cuando dijeron: dios. Siddharta, escrutando el horizonte, simuló no darse cuenta, aunque ya el creador de esa playa, de esas tierras surgidas de los abismos marinos y de sus encantadoras habitantes también se le había manifestado a él. ¡Cuánto tiempo había estado buscando a ese falso dios, detrás y fuera de sí mismo, en todos los caminos recorridos y desde lo alto de vertiginosos precipicios! No le dijo a su amante que sabía la verdad, pues aún no quería turbar su felicidad. No le confesó que ahora entendía quién había dispuesto que encontrasen esa barca amarrada en el muelle. Siddharta no le habló a Narayani del mago del manto, se limitó a decir:

—¡Es un acantilado magnífico! Y aún más bonitas son esas islas, y más encantadoras esas princesas.

—¿Tú también las ves, Siddharta? —preguntó ella, incrédula.

—¿Qué otra cosa puede verse desde aquí, como no sean las islas y las princesas?

—Tienes razón. Es allí adonde quiero llevarte. ¡Adelante, zarpemos con la barca!

—¡Estoy impaciente por llegar! —mintió Siddharta.

Se cogieron de la mano y subieron a la barca cuando el mar estaba ya muy embravecido. Remaron con viento favorable. El cielo estaba gris, no se distinguía dónde terminaban las nubes y dónde empezaban a encresparse las olas. Soplaba un viento cálido, y las salpicaduras se secaban enseguida en el casco, dejando cercos blancos en la madera oscura. Todo era tan real que, por un momento, Siddharta elogió la obra del mago. Luego dudó, al darse cuenta de que en el mar no había ningún pez. Pero tampoco entonces le dijo nada a Narayani, enfrascada en el relato de las islas y las princesas.

—¡Ya verás —decía—, nos recibirán como a un rey y su reina! Viviremos felices en esas tierras donde no vendrá nadie a echarnos.

El entusiasmo iluminaba como un sol la cara de Narayani, que movía los remos con energía, mientras el contorno de las islas se hacía más nítido.

—¡Mira allí! El agua transparente es una verdadera delicia para esas bañistas. Las princesas están desnudas, han extendido en la orilla sus vestidos llenos de perlas y diamantes.

Y luego:

—Podremos almorzar a la sombra de esa parra, los sarmientos de jazmín llenarán el aire de intenso perfume y harán aún más agradable la comida. Luego nos tumbaremos en la alfombra de flores y dormiremos envueltos en los reflejos de la luna.

Narayani no dejaba de ponderar la belleza de esos parajes y la tranquilidad que encontrarían en ellos. Prometía a su amante toda clase de delicias, y soñaba con un amor interminable. Siddharta no temía la falsedad de sus sentimientos, sino algo mucho más oscuro y triste.

Ese temor se reveló antes de tiempo. En cuanto la barca llegó a la costa, la dirección del viento cambió bruscamente. La marea se retiró, y los dos amantes se encontraron suspendidos en el vacío. Luego, de golpe, la quilla chocó con un escollo. Las astillas flotaban y crujían a su alrededor, empujadas por la resaca. De pie en el escollo, Siddharta y Narayani miraban los restos de la barca y la árida orilla rocosa a la que habían arribado después de la larga travesía.

—¿De modo que éstas son las islas?

Unas rocas negras en las que no crecían ni las algas. Allí no vivía nadie, sólo había piedras duras y cortantes. Ni rastro de las princesas. En ese paisaje de muerte Narayani, la hija de Mara, ya no pudo seguir fingiendo. ¡Siempre había odiado esas tierras malditas! Detestaba los espejismos y las ilusiones que eran capaces de suscitar a quienes las contemplaran desde lejos. La verdad era horrible, por eso debía permanecer siempre oculta. Quitada la máscara, no le quedaba más remedio que postrarse ante Siddharta, su amante, y pedirle perdón.

Presa de la desesperación, se tumbó desnuda en el suelo, se golpeó la cabeza varias veces y arrancó pedazos de roca con las uñas. Estaba poseída por una furia demoníaca que le desgarraba el pecho y la volvía loca.

—¡No puedo! No puedo seguir traicionándote, Siddharta. Todo esto es un engaño, este lugar debía ser tu tumba. Yo tenía que matarte. Pero he fracasado, nunca sería capaz de hundirte este puñal en la espalda. ¿Quién soy? —gritó Narayani—. ¡Ayúdame, por favor, deja que siga siendo la madre de Svasti, permíteme que te dé todo mi amor! ¡Ayúdame, amado! Rompe el encantamiento de Mara, que quiere que sea su hija y esclava. ¿Quién soy? Líbrame de la parte mala de mí. Tú has salvado el alma de Svasti. ¡Por favor, sálvame a mí también!

La hoja del cuchillo rozó la cara de Siddharta, que sujetó con firmeza la muñeca de la mujer.

—Narayani, líbrate lo antes posible de este arma. Lleva consigo una historia trágica, una historia de odio y de muerte. La pobre Claro de Luna, tu pequeña amiga, aún cree que es el cuchillo del pan. Así lo llama cuando cuenta lo que sucedió la lúgubre noche en que este arma maldita le arrebató a su padre y a su madre. Y tú lo sabes, porque tú también estabas ahí, estabas presente. ¡Cuántos han creído, y creen, a Claro de Luna! Sólo Svasti, tu hijo… él no. Él nunca creyó en el cuchillo del pan, conocía demasiado bien al que forjó esta hoja, al que transformó el dolor en un grano de arena y lo escondió en las magníficas perlas del collar, para que los hombres pudieran seguir fingiendo que no lo veían. Svasti sabía que no existen las islas, ni las princesas, sino sólo piedras duras y afiladas. Pero Svasti se equivocó al pedirme que este cuchillo le matara, porque sólo con el descubrimiento de la verdad comienza la nueva vida, una vida libre de las ilusiones de Mara.

De pronto se oyó el estruendo de un volcán en erupción, seguido de un larguísimo intervalo de silencio. Luego la tierra, de nuevo, se transformó. El árbol había vuelto, Siddharta volvía a estar sentado en la misma posición, concentrado en sí mismo y rodeado de luz. Su mente había obtenido el Despertar.

El árbol de las Cuatro Verdades

El universo giró cuatro veces sobre sí mismo. Eran los ocho círculos del sendero óctuple, la vía por la que se llega al nirvana, la liberación del triple fuego del deseo, el odio y la ignorancia. Giraron los hombres y los dioses, giraron los titanes y los animales, los espíritus y los infiernos. Era la rueda que brillaba con luz celeste al pie del Buda, el Iluminado.

Los rayos brillaron un instante en la hoja del puñal que blandía la hija de Mara, nacida del fuego de la ilusión y de los vientos invisibles. Luego Narayani entró en la cueva y aspiró el aire como una fiera rabiosa. Su sombra era enorme y espantosa, se extendía por las húmedas paredes de roca. Pero más terrible aún era su mirada centelleante.

—¡Has vuelto, puta asquerosa! —Al ir a su encuentro, Dronodana se acordó de una osa sanguinaria a la que le había quitado su cachorro en el invierno tenebroso de la Ciudad de las Serpientes. Lawanja reía malignamente al lado de su amo—. Has fallado, has sido una inútil. Un maldito cordero tratando de morder al lobo... ¡Bah! ¡Qué lástima! Y pensar que teníamos puestas en ti nuestras últimas esperanzas. Creíamos que tú sola conseguirías alejar para siempre a Siddharta del árbol del Despertar y de las islas embrujadas. Y en cambio, ha sido allí

252

precisamente, después de surcar ese mar sin peces, donde has dejado que te la jugara.

Lawanja asentía sin pronunciar palabra. Una fuerza desconocida la retenía, porque sabía que era inútil aconsejarle a su amo que callara y avisarle de la amenaza que se cernía sobre él.

En la mano de Narayani ardía la hoja del mismo puñal que debería haber degollado a Svasti. ¡A ese ángel! Su pequeño Svasti, que ya estaba hecho un mocetón fuerte y guapo, cuya única culpa había sido tratar de plegarse a la amarga herencia que le corría por las venas, había entendido lo que ella trató de ocultarle por todos los medios. Sabía que era hijo del Mal, sabía que siempre lo llevaría consigo, como las marcas que tenía en la piel.

—¡Pero ahora ya ha terminado todo, mi pequeño! Ya no tendrás que avergonzarte de mí. No tendrás que castigarte porque tu madre sea hija de Mara. Dentro de poco yo, Narayani, tu madre, dejaré de serlo.

Lawanja la miraba horrorizada. Asistía impotente al final miserable y cruel del rajá Dronodana.

—Yo seré una puta asquerosa, pero ¿sabes lo que eres tú?
—¡Díselo! —gritó Lawanja con voz ahogada.

Él, el rajá de la Ciudad de las Serpientes y del nuevo reino del árbol de las Cuatro Verdades, no decía nada, con una mueca de desprecio en la cara. Su mente trastornada se resistía a reconocer a su asesina en esa mujer.

Narayani recalcó su condena, clara y fuerte.

—¡Dronodana, tú eres un padre maléfico!

El cuerpo grueso y empapado en sudor del rajá estaba demasiado flácido y cansado para esquivar el ataque. Narayani se concentró en los poderes de esa parte de sí misma que había ardido en el fuego del infierno. Más ágil que un tigre, y mortífera como la picadura del escorpión, asestó una cuchillada mortal en la nuca de su odiado carcelero.

—¡Maldito siervo de Mara! Ha llegado tu fin.

La hoja atravesó la cabeza de Dronodana en los cinco puntos mortales, perforó los ojos, rompió la lengua y, en vez de teñirse de sangre, se manchó de un líquido viscoso y repugnante. ¿Qué otra cara habría podido tener la muerte de ese hombre infame, corrompido hasta la médula?

Narayani no se inmutó, no le tembló el pulso al hundir el arma. Estaba convencida de la justicia de ese asesinato. Debía extirpar de raíz el veneno que, a lo largo de innumerables vidas de sed y avidez, se había alojado en las células y las entrañas del rajá infernal.

—Ahora que está muerto, Lawanja —dijo, alzando la vista hacia la muchacha que la miraba con la cara surcada de lágrimas—, eres libre. Yo también soy libre, ya no soy hija del dios del Mal.

Una extraña serenidad llenó los ojos de Lawanja. Ante la mirada atónita de Narayani, la muchacha abrió los labios y dejó que su lengua larguísima y horrorosa se enroscara en su cuello como una cuerda escarlata. Narayani se dio la vuelta, triste: el fin de Lawanja estaba escrito desde hacía tiempo en la vida lamentable que había llevado. Cuando se volvió para mirar por última vez, Lawanja ya estaba agonizando, estrangulada por su instrumento de muerte.

Narayani, asqueada por tanta violencia, se quitó el vestido ensangrentado y se acostó en un frío rincón de la gruta. Por fin había conseguido la única identidad con la que merecía la pena vivir: era la madre de Svasti y la mujer que amaba a Siddharta. Sólo esas partes de sí misma habían sobrevivido al horror y al sufrimiento. Extendió su cuerpo desnudo y delgado sobre un costado y se quedó dormida, esperando una nueva estación. Algún día el cálido viento del verano llamaría a su puerta y la despertaría.

La piel ambarina de Narayani yacía en esas fauces de piedra como un destello de madreperla dentro de una concha. Allí nadie la vería, nadie la tocaría. Para que su verdadera belleza pudiera resurgir, su sueño prolongado debía estar protegido. Siddharta, que a la sombra de la higuera había vencido por última vez a Mara, podía oír la respiración lenta y delicada de esa mujer cansada.

—Duerme, Narayani. Prepárate a salir de esa concha cuando llegue el momento.

Siddharta había tomado la forma de las paredes de la gruta. Su mente residía allí, como en cualquier otra parte del universo, y protegía a todos los que desearan conocer la Vía de las Cuatro Verdades. El Buda notaba el corazón de la mujer latiendo dentro del suyo. Ni siquiera tenía que alargar la mano para rozar su cuerpo y su pelo suelto en la oscuridad. Pero al estar tan cerca, Siddharta vio la sangre. Reconoció la violencia y la angustia de Mara que aún corría por ella.

Siddharta estuvo ocho semanas purificando los residuos del Mal de su mente. Meditó día y noche en la luz perfecta y penetró en la naturaleza vacía de las cosas, superó todas las barreras mentales y llegó a conocer los pensamientos de todos los seres. Aceptó tanto la vida como la muerte, el bien como el mal.

Al final de la octava semana sus oraciones habían atravesado los mares y los desiertos, habían llegado a las esferas de los reinos celestes. El vacío de su mente sonó como un canto. Y la tierra se agitó.

Empezó poco a poco, como un ligero crujido en la hierba, un cambio gradual del aire. Siddharta, cuyos siete *chakra* estaban perfectamente alineados con la energía que mueve los astros, sentado en la posición del loto, extendió los brazos hacia abajo e imprimió la huella de sus manos en la arcilla, junto a las raíces de la higuera. Unas nubes espesas y cargadas de lluvia bajaron rozando las alturas y oscureciendo el horizonte.

El diluvio se desencadenó con un torbellino de viento e inundó la tierra que Mara había destinado al enfrentamiento con el Iluminado. Los animales huyeron asustados buscando refugio lejos de la llanura, bandadas de pájaros emigraron a otros hemisferios y los peces se refugiaron en los recovecos del fondo, y allí permanecieron inertes como rocas esperando a que las aguas se aplacaran. Llovió hasta el centro de la tierra, también llovió en el infierno, donde los monstruos de ojos ardientes y los dragones envueltos en llamas no tuvieron más remedio que sepultarse en el fondo de los abismos marinos. También allí Mara había encajado una amarga derrota.

Llovió para apagar el ciego deseo del Sí en los que estaban poseídos por él, para satisfacer a los que se habían privado de él en espera del suceso milagroso. No dejó de llover hasta que el agua lavó de la tierra la última gota de sangre de Dronodana. Duró días y días. Los campesinos y los pastores creyeron que ya no podrían salir de sus cabañas, las familias se sentaban alrededor de las mesas de madera y rogaban al dios Brahma, creador del universo, que no destruyera el mundo ante la mirada asustada de sus hijos.

La lluvia cayó a raudales durante siete largos días. El único hombre que no tenía una cabaña ni un techo para resguardarse era Siddharta. El azote del viento y el diluvio cortaban la piel y debilitaban ese cuerpo que no había dormido. Pero cuando pasaron esas lunas Siddharta supo que había descifrado definitivamente el misterio del Conocimiento. Fue la última vigilia.

La cabeza majestuosa y sagrada de la cobra salió del suelo anegado. Con siete vueltas de sus anillos rodeó el cuerpo del Iluminado y abrió su ancho cuello para resguardarlo de la intemperie. Era Mucalinda. Una imagen magnífica y suntuosa. Una visión de belleza insoportable y, por suerte, vedada a los humanos en ese momento.

> *Estoy contigo, cobra en la selva.*
> *Mucalinda es tu nombre y de tu oscura morada*
> *conoces tú el secreto.*
> *Con siete vueltas rodearás en tus anillos*

el cuerpo del Iluminado, pero el séptimo día,
cuando se disipe la tormenta,
aflojarás tu presión sobre el Buda.

El Mal había capitulado y se había convertido en Bien.

Desde su oscura morada, Mucalinda había oído el chapoteo de la lluvia, y se había levantado para proteger a Siddharta, el que le había librado de la esclavitud eterna. Una paz suprema residía en la cabeza de la serpiente.

Sopló un viento gélido, impropio de la estación. Durante otros siete días Siddharta estuvo meditando, protegido por el cuerpo desmesurado de Mucalinda. El séptimo día la tormenta se disipó, la cobra aflojó sus anillos y desapareció de pronto. En su lugar, con las manos juntas en ademán de oración, un noble muchacho inclinó la cabeza.

—¡Bendito sea el Salvador del mundo! —saludó el joven celestial, que fue el primero en recibir la bendición y la sonrisa de Buda.

Pasó la primavera y llegó el verano, la tierra saludó a las constelaciones de la estación alegre que, cuando oscurecía, se reflejaban en los lagos y los ríos innumerables. Una noche sin luna el mar era una inmensa plancha de plomo, inmóvil bajo el cielo. El viejo pescador se había levantado antes del alba y escrutaba el horizonte. Amarró la barca en el muelle y sacó las redes, satisfecho por el excelente trabajo que acababa de terminar. Lo que antes había sido magia ahora ya no lo era. Enfrente de la costa prosperaban unas islas auténticas y bailaban unas princesas encantadoras, cuya sonrisa oscurecía la luz del sol e incendiaba la noche. Una obra meritoria que había costado el duro esfuerzo de la soledad. El pescador levantó el borde de su manto y se lo echó sobre el hombro, luego caminó hasta la cabaña oculta detrás de la colina. Desde allí podía ver la barca sola en el muelle. Esperó a que llegara el primer mensajero para las islas.

Mara, desde lejos, contempló a las princesas y no sintió deseo. En cambio miró en el fondo de la gruta oscura donde Narayani, arrodillada, lloraba.

—¿A qué esperas, muchacha? ¿Por qué no vienes?

Se quitó la ropa de pescador y se preparó para su nueva guerra.

Y tomó el aspecto de Siddharta.

Agradecimientos

Debo a la lectura de *The Magus* de John Fowles [trad. cast., *El mago*, Anagrama, Barcelona, 1994] el hallazgo del antiguo cuento *El príncipe y el mago*. Espero que el maestro no nos guarde rencor por la transcripción libre.

Índice

Primera parte

Segunda parte

Tercera parte

Después de
LAS CUATRO VERDADES

———

El camino de luz
de Siddharta culmina con
LA SONRISA DE BUDA

———

A partir de junio, de venta
en librerías, quioscos
y grandes superficies

Esta obra, publicada por
GRIJALBO MONDADORI,
se terminó de imprimir en los talleres
de Cayfosa-Quebecor, de Barcelona,
el día 25 de septiembre
de 2000